Qui a tué le muezzin ?

Lettres du Monde arabe

Fondée en 1981 par Marc Gontard, cette collection est consacrée à la littérature arabe contemporaine. Réservée à la prose, elle accueille des œuvres littéraires rédigées directement en langue française ou des traductions.

Les œuvres poétiques relevant du domaine de la littérature arabe contemporaine sont publiées dans la collection *Poètes des cinq continents* et le théâtre dans la collection *Théâtre des cinq continents*.

Derniers titres parus

Azim (Mohamed Abdel), *Dégage ! 2011, place Tahrir*, 2020.

Ould Dahmed (Mamadou), *L'appel du Ksar*, 2020

Sekmakdji (Mohamed-Chérif), *Un pays pour deux frères*, 2020.

Hussein (Haitham), *L'aiguille de la terreur*, 2020.

Abi Samra (Layla), *L'identité silencieuse*, 2020.

Bitar (Haïfa), *Elle, dans ce monde*, 2020.

Badr (Liana), *Un seul ciel*, 2020.

Azim (Mohamed Abdel), *Luna Park, Vengeance sur le Nil*, 2020.

Banhakeia (Hassan), *Le fils des cieux*, 2019.

Guerroua (Kamal), *Le chant des sirènes*, 2019.

Ces dix derniers titres de la collection sont classés par ordre chronologique en commençant par le plus récent. La liste complète des parutions, avec une courte présentation du contenu des ouvrages, peut être consultée sur le site www.editions-harmattan.fr

Rachid Braki

Qui a tué le muezzin ?

© 2021, L'Harmattan
5-7, rue de l'École-Polytechnique – 75005 Paris
www.editions-harmattan.fr
ISBN : 978-2-343-22550-0
EAN : 9782343225500

1

C'est le pays du vent, le vent y est chez lui, c'est là qu'il se fait livrer son courrier. On dit que lui-même apporte des messages des contrées qu'il traverse, mais ce point de vue, soutenu par les anciens, hérisse les jeunes gens, trop irrités contre le vent pour lui concéder la moindre humanité. Quand il se déchaîne, il vide les rues, détraque portes et fenêtres, manque arracher les maisons, terrasse arbres et pylônes, et une fois sur deux il fait mordre la poussière à l'électricité. Plongé dans les ténèbres, le village renoue avec les siècles. Les habitants, en se réveillant le matin et constatant d'emblée que le règne hargneux de leur ennemi perdure, n'ont aucune envie de se lever, d'autant moins qu'ils savent d'expérience qu'il ne retombera pas de sitôt, pas avant qu'il n'ait achevé son œuvre de destruction. Une fois lui parti, on sort pour dénombrer les dégâts. On s'attend toujours à un lourd bilan et on ne s'étonne guère qu'il y ait des victimes à déplorer.

*

« Ce matin, je n'ai pas entendu le muezzin » dit la femme. Elle parle au téléphone avec sa fille qui habite à l'autre bout du village. Non seulement elles se rendent visite tous les jours, mais se téléphonent aussi de nombreuses fois dans le cours de la journée, surtout le soir, moment crucial pour la vieille qui a besoin d'être rassurée, de savoir que tous ses enfants et tous ses petits-enfants sont rentrés sains et saufs, que rien de fâcheux ne leur est arrivé. Tant de choses peuvent se produire ! La vieille femme est une somme vivante de peurs tenaces et inexorables. Vieillir a toujours été pour elle un enfoncement dans un buisson hérissé de craintes. En plus de la fille, elle est aussi mère de trois garçons qui vivent tous dans le même village et tous ont fait d'elle une grand-mère, mais elle vit ces extensions de sa chair comme des dédoublements de sa terreur du mauvais sort. Elle voit chacun de ces êtres qui lui sont chers comme une possibilité pour elle de subir les rigueurs du destin, elle ne conçoit le monde que comme un champ d'action pour des représailles en attente de lui être portées. Elle tremble depuis si longtemps qu'elle a presque oublié le motif qui la rend si vulnérable. Qu'est-ce qu'elle a bien pu commettre dans sa jeunesse pour que la vieillesse soit pour elle synonyme d'une vulnérabilité sans remède ? Pourtant, elle expie déjà, elle qui est rongée par le diabète. Dans ses prières, elle réclame d'être châtiée davantage dans son corps, avec l'espoir d'être épargnée dans sa progéniture. Elle vit encerclée par la peur, elle en est devenue attentive à tout. Rien n'échappe à sa vigilance. « Puisque je te dis que je ne l'ai pas entendu », dit-elle encore à sa fille. Celle-ci ne l'appelle pas pour savoir si le muezzin a manqué à son devoir mais pour savoir si sa mère lui a bien apporté le couteau de cuisine qu'elle avait promis de lui donner. Brigitte lui réaffirme qu'elle a elle-même déposé le couteau sur l'évier de cuisine lors de son dernier passage dans l'appartement de sa fille. Mais Nadia n'est pas arrivée à le retrouver, elle a bien regardé partout dans sa cuisine, pas de trace du don maternel. « Cherche encore et rappelle-moi quand tu l'auras trouvé ». La fille, prof au collège – son mari, lui, enseigne au lycée – reprend ses recherches, lesquelles la conduisent sur le balcon où, le vent ayant retiré ses légions tonitruantes, elle se hasarde comme sur une parcelle de terrain tout juste reconquise sur l'ennemi. Elle regarde par terre. Elle est seule. Ses trois fils sont en train de se préparer dans leur chambre pour partir à l'école, en respectant les strictes consignes de silence imposées par les insomnies légendaires de leur père, lequel, comme un handicapé auquel on doit tous les ménagements, a gagné le droit de se prélasser sous la couette jusqu'à l'ultime minute avant le départ. Nadia passe au crible le balcon. Elle a à cœur de mettre la main sur le précieux couvert dont elle a toujours rêvé de posséder un modèle. Sa mère tenait le couteau d'un fils fortuné, s'en est longtemps servi, avant de le céder à sa fille : Brigitte n'a jamais su dire non à ses enfants – Dieu seul sait dans quel autre domaine sa générosité s'est exprimée, inendiguable, en ses lointaines années d'insouciance juvénile. Nadia compatit avec sa mère pour les maux qui la taraudent dans son enveloppe physique et aussi pour les angoisses qui écorchent son âme. Si jamais elle s'est défiée de la parole maternelle, elle renonce à la défiance à la seconde où ses yeux ont repéré enfin le couteau. Il est planté dans un pot d'hortensia jusqu'au sommet du manche. Un miracle qu'elle ait pu l'apercevoir. Elle doit se servir de ses deux mains pour le déplanter. Elle est si heureuse de l'avoir trouvé qu'elle oublie de s'interroger sur les motivations du membre de sa famille qui a eu l'étourderie de l'enfoncer là. Quelques heures plus tard, alors que ses élèves sont à la récré, elle sort son téléphone pour appeler. Brigitte, avec la promptitude de ceux qui attendent toujours de recevoir de mauvaises nouvelles, décroche aussitôt. La mère et la fille n'échangent toutefois pas sur le couteau mais sur le tragique événement que le vent, dans son emprise féroce sur le village, a concocté, à la grande terreur des habitants, tous au courant en ce moment qu'un meurtre a eu lieu ; un meurtre, qui plus est perpétré à l'arme blanche.

*

La maladie chronique n'empêche pas Brigitte d'être active. Elle n'a pas moins de tâches à accomplir maintenant que la totalité de ses enfants ont essaimé et fondé des familles et qu'il ne lui reste que le vieux à satisfaire. Entre la vaisselle à faire et le repas à préparer, elle est accaparée, cependant que, visitée par l'horrible nouvelle, une partie d'elle, la plus enfouie, est encore plus active que ses jambes et ses mains : cette zone intérieure où l'inquiétude la grignote. Un meurtre ! Cette sorte de malheur a beau être une rareté, hormis sur l'écran de télé qui berce ses après-midis, elle est quand même accablée. La victime est à peine plus âgée qu'elle, et l'âge des orphelins qu'elle a laissés derrière elle avoisine celui des enfants qui égaillent le crépuscule de Brigitte, si prompte à se faire du mouron qu'elle lui est arrivée de s'écrier, à l'énoncé de tous les malheurs susceptibles de la frapper, qu'elle aurait aimé n'avoir jamais enfanté. Toute affairée, elle guette la porte d'entrée par où, d'un moment à un autre, le vieux émergera de sa première virée matinale. Ce n'est pas qu'elle se languit de lui, ce témoin de premier plan de tout ce que leur existence commune renferme d'inavouable. Seulement, il se peut qu'il convoie des fraîches. Brigitte n'est pas friande de détails morbides, l'unique nouvelle en vérité qui emporterait son adhésion est celle d'un démenti : comme elle serait heureuse si on lui apprenait que personne n'a été tué ! Mais le meurtre a bien eu lieu, elle est même la première à s'en être doutée, car jamais l'appel à la prière n'a fait défaut aux aubes comme aux journées. Qu'une défection se soit produite une seule fois a suffi à faire dresser ses antennes de sentinelle angoissée. Le vieux finit par survenir, les bras chargés de ses premières courses de la journée, qui ne seront pas les dernières, toute l'activité du retraité se limitant à effectuer des achats que parfois il se complaît à énumérer avec un orgueil démesuré, comme si acquérir quelques baguettes de pain, une livre de carottes ou de petit-pois était l'expression suprême de la virilité accomplie. À peine assis et sans même reprendre son souffle de vieillard que la moindre dépense d'efforts fait suffoquer comme s'il était sur le point de rendre son dernier soupir, il répand son émotion. L'affolement des autorités a été tel qu'on a omis de se déchausser avant d'envahir la mosquée. Le meurtrier qui, bien sûr, a pris la fuite, n'avait laissé aucune chance au muezzin, bien qu'il se soit contenté de lui assener un seul coup. Le mari de Brigitte n'est pas allé voir l'étendue des giclements mais, grâce aux yeux de l'imagination, il décrit la mare de sang comme s'il avait visité la scène du crime. Les coutumières questions « qui a fait ça et pourquoi » s'estompent devant l'effroi qui pourtant n'a guère perturbé les petites habitudes du chef de famille, qui a quand même vaqué à ses achats. Brigitte lui concède un regard appesanti, elle s'attend à ce qu'il en dise encore plus, mais il se remet sur ses jambes pour ressortir et aller se pourvoir encore en denrées et, accessoirement, s'enquérir des évolutions de l'enquête. La vieille femme, les jambes sciées, n'a pas émis le moindre mot. De nouveau seule, elle a besoin de s'asseoir pour récupérer. Elle avale même un verre d'eau – la seule alimentation dont le diabète l'autorise à user sans restriction. Elle est éprouvée comme si le coup de poignard lui avait été porté à elle et non pas à quelqu'un d'autre, qu'elle connaissait surtout par sa voix nasillarde qui rythmait le quotidien. Elle demeure hébétée, oubliant jusqu'à la marmite sur le feu et le robinet coulant dans le vide. Elle compatit aux proches du défunt mais c'est à elle-même qu'elle tente d'apporter du réconfort, elle en a besoin autant qu'un autre. Partisane de cette croyance atavique que ce qui nous arrive n'est jamais que la conséquence de nos actes, elle se détache des urgences domestiques pour demeurer tournée vers ses ravins intérieurs où s'entassent les péchés pourtant très anciens qui la fragilisent présentement. De quelle nature ont-ils été pour qu'elle en soit hantée à ce point ?

*

Consciente de la sensibilité maladive de sa maman, Nadia, à l'unisson d'ailleurs avec tous les enfants et petits-enfants de Brigitte, a développé l'habitude de ne jamais lui distiller la moindre nouvelle susceptible d'ajouter à son calvaire ; même les nouvelles du fin fond du monde, quand elles sont moches, sont désignées aux ciseaux affûtés de la censure, si essentielle à la tranquillité maternelle. La prof d'anglais en détient beaucoup, étant entourée de collègues qui ont l'air d'en savoir plus que les policiers en civil grouillant autour du lieu du culte dont le minaret n'a jamais autant été scruté, comme si les événements en cours dans le ventre de l'antre, cachés aux yeux par les habitations alentours, pouvaient se deviner sur la coiffe. Pas plus qu'aucun autre parmi la descendance de la vieille, Nadia ne se demande pourquoi sa chère maman est si rapide à être saisie d'angoisse. Après tout, cette sorte de tempérament n'est pas rare dans la famille, puisque la mère de Brigitte aussi était encline à se ronger les sangs, ce qui du reste ne l'a pas empêchée de mourir centenaire. Si donc Brigitte est ainsi faite, c'est juste un trait héréditaire, rien à voir avec une mauvaise conscience héritée du passé de la matriarche. Nadia, une oreille tendue vers le boucan des élèves en récré, tend l'autre au conciliabule d'une grappe de collègues sous l'auvent du bloc des salles de classes. Naturellement c'est la voix de Kakou qui prédomine, le collègue affublé d'une barbe est une vraie boîte de résonance pour tout ce qui survient sur la scène du monde, proche ou lointain, et qui revendique haut ce statut qu'il s'est forgé par toute une vie passée à se mêler de ce qui ne le regarde pas et à toujours se mettre en tête de la moindre initiative, bref il est doté d'une personnalité flamboyante et riche en reliefs qui l'a, par le passé, mené bien loin, jusqu'en prison pour expier un activisme guère de bon aloi dans un pays ami de la matraque. Rien que pour être le seul à en avoir à raconter, le collègue de Nadia serait capable de prétendre avoir vu le meurtrier prendre la fuite. On devrait avoir déjà sonné le retour en classe, mais l'émoi des adultes justifie qu'on prolonge la récré de quelques précieuses minutes, pas pour le bonheur des petits mais pour le bien de ceux qui les enseignent. Non, Kakou n'a surpris personne en fuite, mais il a déjà son idée quant à la piste à suivre pour démasquer le coupable. Avec une témérité qui laisse l'assemblée pantoise, il clame sa certitude que c'est sur les dévots qu'il faudrait focaliser les investigations, ce panier à crabes dont le prof de dessin ne connaît que trop bien les ressentiments et les dissensions qui l'agitent, lui qui en est un membre éminent. Nadia sursaute. La sonnette s'étant fait entendre, elle suit du regard la silhouette de son collègue qui traverse la cour, s'en allant rejoindre sa classe. Nadia n'est qu'indulgence pour lui parce que sa femme est folle et qu'il est tenu chez lui à remplir deux fonctions. Une interjection surnageant la péroraison de Kakou est restée dans les oreilles de la fille de Brigitte : « Un couteau ou un poignard, on ne sait pas encore ! » Allez savoir pourquoi, cela l'oblige à repenser au couvert qu'elle a déterré ce matin dans le pot de l'hortensia. Elle ne doute pas désormais que c'est son cher époux qui est l'auteur de l'insolite plantage du couteau. Accablé par les insomnies, il est capable de bien plus que *jouer* avec un couteau se trouvant sur son chemin de promeneur nocturne en mal de sommeil. À quelles folies ne se livrerait-t-il pas quand, las de se tourner et de se retourner dans le lit, il se redresse pour aller déambuler dans la maison où seule la charité humaine le retient de hurler de désespoir et d'infliger d'inguérissables traumatismes à la maisonnée. En cette heure, le mari de Nadia est en train de rattraper les heures de paix perdues à veiller contre son gré : le veinard a classe l'après-midi. Au fil des heures, une idée saugrenue se fait jour dans la tête de la prof, debout en face des élèves impassibles à la langue de Shakespeare, si saugrenue qu'elle l'évacue de sa tête avant même la fin du cours. Lorsque, ayant libéré ses élèves, elle se prépare à prendre le chemin de la cantine, l'horrible pensée qui l'a traversée s'est complètement résorbée. À la table du déjeuner cependant, elle n'entend parler que d'un même sujet. Le cadavre a été évacué, mais des directives martiales ont interdit à l'agent d'entretien de la mosquée de s'attaquer à la marre du sang. Les fidèles ne savent même pas s'il leur serait permis d'observer les offices de la journée. Théâtre d'un crime, le temple n'est pas près de leur être restitué. Peut-être devraient-ils prier chez eux les prochains jours. Tant pis si l'*adhan* ne retentit pas pour les rappeler à leur devoir d'adorateurs, ils n'en ont pas vraiment besoin, eux qui sont rôdés et équipés de montres. Nadia aussi est assidue à prier. Elle jeûne même deux jours par semaine, mais cela a moins un rapport avec la religion que le surpoids qu'elle accuse et qu'elle tente aussi de soigner en fréquentant une salle de sport. Mine de rien, elle a une vie bien remplie, elle n'étouffe pas dans ce bourg perdu puisqu'elle sait qu'elle n'a rien à envier aux hommes et femmes exerçant le même métier qu'elle de par le monde et qui ne disposent pas de davantage de chaines de télé que ne capte l'écran plasma installé dans sa chambre à coucher, ce havre de bonheur où l'unique écueil contre lequel elle bute est l'incapacité chronique de son conjoint à dormir comme tout un chacun. Sur ce plan, rien ne va. Il peut demeurer éveillé jusqu'à l'aube où, le sommeil commençant à tisser sa toile sur lui, il sursaute à l'appel du muezzin, justement, dont il a exprimé à maintes reprises le désir de lui faire la peau. Oui, Nadia a plus d'une fois entendu son mari maugréer contre le fonctionnaire du culte. Mais de là à joindre l'acte à la parole, il y a un abîme dont elle a l'intime conviction que son époux, homme parfaitement raisonnable, est incapable d'enjamber. Cela dit, elle s'efforce de ne plus y penser. Les homicides ne sont pas monnaie courante et elle n'espère pas être aidée dans sa volonté d'oubli : autour d'elle, tout conspire à ne pas lui rendre la tâche facile.

*

Brigitte a fermé le robinet. Elle jette un coup d'œil à la marmite et calcule qu'elle dispose d'assez de temps pour achever la vaisselle entamée et abandonnée dans la cour. Accroupie, elle lave les assiettes avec un attardement tel qu'on aurait dit qu'elle récure de l'argenterie fine. Non, cet air absorbé qu'elle revêt, c'est celui que lui donne la méditation profonde des jours noirs. Sur quoi médite-t-elle sinon sur tel homme qui a à peu près son âge et qui a encore en commun avec elle bien plus que cela et dont la vieillesse semble être une longue route d'expiation. Elle repense en particulier à un comptable, qui a aimé la chose, oui, aimé est presque un euphémisme puisqu'il a tout sacrifié à la passion de se débraguetter à tout-va. Désormais il a été payé au retour puisque l'un de ses enfants est devenu, récemment encore, la risée de tout le pays en s'étant fait cocu par son logeur. Tel autre, dont la carrière d'infirmier à l'hôpital a jadis favorisé les penchants, a terminé son apothéose par une perte de ses moyens suite à quoi il ne reconnaît plus personne, pas même ses rejetons dont la croix, chaque soir, est de le retrouver car il se perd dès qu'il sort de la maison. Les femmes légères de jambes n'ont pas été en reste. La plus connue a passé ses dix dernières années clouée au lit, devenant un boulet pour sa couvée dont elle a vu deux garçons succomber à des infarctus. Trêve de rumination ! « De grâce, se dit-elle à elle-même, j'ai une vaisselle à finir et un repas à surveiller ». Elle se remet sur ses jambes pour retourner à la cuisine. Les années ont été propices à l'oubli, les gens ont tourné la page, personne ne paraît se rappeler quoi que ce soit, mais dans sa mémoire à elle ce n'est pas le cas. Déjà, il y a ce sobriquet qui lui tient lieu de prénom et qu'elle a gagné de haute lutte en ses jeunes années où ses formes ont fait saliver, au point de susciter la comparaison avec une certaine Bardot. Elle voit la porte d'entrée se remplir de la masse de son fils aîné qui, à la retraite, trouve le temps d'honorer sa mère d'une visite journalière. C'est le fils aisé dont la prospérité tient au seul fait de percevoir deux retraites, la sienne et celle de madame. D'emblée la mère-poule détecte le teint livide qui macule le visage vieillissant du premier de sa couvée. Et pour cause, Domo, qui s'ennuie dans cette retraite tant attendue, s'est abonné à toutes sortes d'occupations, dont celle de fréquenter la mosquée pour non seulement y accomplir les offices mais aussi égrener le chapelet pendant les interludes entre les offices. C'est dire qu'il a été bien placé pour côtoyer la victime. Il parle du muezzin en observant des arrêts comme s'il montait des escaliers. Brigitte l'écoute avec cette attention affectueuse en laquelle le brave garçon reconnaît sa maman et qui, dans un lointain passé, a suffi pour endormir sa méfiance quand la maman, en ses heures perdues, ne se comportait pas en sainte – bien avant les maris, les fils parfois sont de commodes aveugles. Domo ne se demande pas qui a pu attenter à la vie d'un homme de bien, il est encore trop commotionné pour passer à la phase des interrogations. Ses yeux globuleux s'embuent, ce qui incite Brigitte à détourner le regard car elle n'a jamais aimé apercevoir les larmes dans les yeux des hommes. Une fois le fils parti, elle est de nouveau aux prises avec un autre homme, en l'occurrence son homme, qui rentre avec de nouvelles courses, et qui a eu lui aussi son lot d'émotions mais qui jamais ne manque réclamer son déjeuner quand c'est l'heure de déjeuner. Elle le sert, puis attend qu'il en ait fini pour se ruer sur l'assiette et la cuillère : Brigitte, elle, n'est pas admise à la table, le diabète le lui défend, qui gouverne d'une poigne de fer ses coutumes alimentaires. Les seuls aliments qu'elle peut se permettre de prendre mijotent dans une casserole sur le feu, et ils ne seront admis à emprunter le chemin de son œsophage qu'après un test mesurant le taux de sucre dans son sang. Son mari est doté de deux appétits dont l'un n'entre jamais en action sans l'autre : celui de manger et celui de médire des autres. À l'entendre, la terre entière a goûté à ses largesses et ne lui a montré qu'ingratitude. Aussi loin que remonte le souvenir de la vieille femme, il a toujours été ainsi, toujours dans sa bouche le même discours d'homme aigri aux yeux duquel personne ne trouve grâce. Elle se rappelle qu'elle tirait prétexte de ce mauvais caractère pour le tromper. Mais elle n'a pas fait que pécher à son insu : elle a aussi fait le bonheur des mendiantes, bien consciente d'agir au péril de sa vie car s'il découvrait qu'elle donnait aux pauvres, il l'aurait répudiée, il aurait été capable d'aller jusqu'au divorce si par malheur il l'avait surprise en train de mettre dans la main d'une pauvresse de passage un paquet de sucre ou une baguette de pain. Oui, il y a longtemps de cela, elle s'est sentie justifiée de courir le plaisir éphémère censé la compenser dans la dure mission de vivre aux côtés d'un mari ignominieux et qui n'a pas un seul bon côté. Quand il a fini de déjeuner, il va s'allonger dans sa chambre, un poste radio allumé à son chevet, la laissant seule avec ses ruminations et ses peurs.

*

Il y a une cinquantaine de dames aux bourrelets affolants qui ruissellent de sueur pour être à jour avec les consignes de la monitrice. Ces épouses pratiquent l'exercice physique pendant que leurs hommes en ont horreur, si bien que Nadia est surprise d'apercevoir son collègue Kakou parader dans la salle. Sans doute que son lointain lien de cousinage avec la patronne qui préside aux destinées de l'établissement lui a servi de carte d'admission. Sur le moment, il est engagé dans une conversation avec elle. Il n'est jamais en retard d'un aparté, prêt à tirer profit de ce regain de sympathie que les autres lui témoignent depuis que sa moitié a été déclarée folle à lier et que lui doit la remplacer dans les tâches ménagères. Nadia le suit du regard puis le perd de vue car il ne tient pas en place. L'apparition du collègue dans le paysage l'oblige à réactualiser dans son esprit les tourments que la forte sudation à laquelle elle est aux prises, a contribué à éloigner d'elle. Aussi, le sport, a-t-elle remarqué, éclaircit les idées, les dispose dans le bon ordre et insuffle au sportif l'énergie de mener les défis à leur terme. Sitôt rentrée chez elle, au volant de la voiture qu'ils ont achetée, son époux et elle, avec les économies de toute une vie et dont il lui délègue l'usage pendant qu'il est à ses cours, Nadia a la ferme intention de ressortir le couteau qu'avant de ranger dans un tiroir elle a lavé copieusement pour le débarrasser de la terre et des bactéries. Après tout, elle ne s'est pas donnée le temps de l'examiner, des fois qu'il recèlerait des traces de violence. Un scénario digne d'un polar a achevé de se construire dans son esprit et dans lequel elle voit l'insomniaque, pendant un laps de temps où sa raison est tombée en panne, s'en servir dans un accès de folie furieuse pour faire taire un muezzin qu'il tient pour responsable d'une bonne part de ses déboires. Au lieu de s'arrêter à l'école récupérer ses enfants, Nadia oblique sur la maison. Elle veut y être seule pour la délicate vérification. Le couteau l'attend là où elle l'a laissé. Cela constitue d'emblée un indice allant dans le bon sens. Elle le prend dans ses mains, le pèse et le soupèse, détaille le manche et les recoins minuscules où des gouttelettes de sang peuvent s'être déposées. Rien ne vient étayer le soupçon insensé qui s'est saisi d'elle. Qu'elle a été bête d'avoir douté ! Maintenant elle se demande si elle doit d'abord se doucher ou s'occuper d'aller récupérer les petits. Certes, il est arrivé que son mari affiche une tête à faire peur, mais elle le connaît assez pour le disculper catégoriquement. Il ne ferait pas de mal à une mouche. S'étant décidée à reprendre le volant sans tarder, elle atterrit dans la cohue des parents venus chercher leurs enfants. Nadia est mère de trois garçons et couve le regret que l'un d'eux ne soit pas une fille, un regret qu'elle a la joie de savoir partager : un époux qui souhaite une fille, n'est-ce pas touchant ! Sur toutes les mines, celles des grands comme celles des petits, la même stupéfaction qu'un holocauste se soit produit dans ce haut lieu où se déversent les identités intimes, ces espaces de culte où en principe la dernière chose à y avoir une place est la violence. Nadia, embrassant des yeux les trois petits gentiment installés sur la banquette arrière, se sent réconciliée avec sa vie. Quand la prof d'anglais en aura terminé avec toutes les obligations de la journée, elle est attendue par la cerise sur le gâteau : téléphoner gratuitement à sa mère.

*

À la vieille femme qui ne met presque jamais les pieds dehors, rien n'a été dissimulé, elle n'est frustrée d'aucune des infos mises à la disposition du quidam, elle a pu sans bouger de chez elle suivre étape par étape le traitement du meurtre. Mais, pour l'heure, elle est appliquée à savourer l'instant de bonheur où les enfants et les petits-enfants doivent parfois patienter pour être pris car il arrive que la ligne de l'aïeule soit saturée. On lui a appris la manœuvre permettant de recevoir plusieurs correspondants en même temps : Brigitte n'en revient pas de ces prodiges de la technologie auxquels elle est déjà rodée, elle qui n'a jamais vécu dans une maison équipée d'un téléphone fixe, à l'instar de ses sœurs qui habitaient en ville et qui sont à présent retournées à Dieu – « à la terre », préfère-t-elle penser, car elle a vu de ses propres yeux les mottes recouvrir les corps chéris tandis que le Très-Haut n'a jamais autant mérité son piédestal que dans ces moments où l'on dit adieu aux êtres chers, un Dieu devant lequel Brigitte pourtant porte son front à terre plusieurs fois dans le sillon du jour, auquel elle croit donc mais dont elle ne sait guetter que le châtiment. Ces jours où il lui est arrivé de voyager pour voir ces sœurs ont été trop peu nombreux pour être oubliés, elle se plaît parfois à les convoquer, eux et cette satisfaction énorme qui venait à la villageoise étourdie par les grouillements sans nombre, par l'incommensurabilité démographique qu'elle confondait volontiers avec la liberté et dont ses sœurs ne paraissaient pas songer à profiter ; la visiteuse ne se privait pas alors de leur avouer que si c'était à elle qu'avait échu la chance de vivre dans une ruche aussi populeuse elle aurait su en tirer avantage que ces timorées qu'elle ne croyait qu'à moitié lorsqu'elles se déclaraient pétries de scrupules. Dieu sait pourtant que Brigitte ne vénère aucun de ses souvenirs où elle a fait du rentre-dedans à des médecins ou à des dentistes, car les visites médicales étaient pour la femme l'unique excuse pour obtenir la permission de voyager, toujours âprement disputée à un mari devenu ombrageux en raison même de la manière dont Brigitte se mouvait et qui laissait deviner une prédisposition à se montrer facile avec les étrangers. Non, nulle nostalgie chez elle. Tous les plaisirs du monde ne valent pas qu'on vieillisse dans la terreur d'être punie. Désormais elle donne raison à ses sœurs qui se retenaient. Elles sont mortes mais elles ont fait souche, de sorte qu'il en est des soirs où Brigitte se doit aussi de répondre aux appels des neveux et des nièces, rameutés par la nouvelle d'un meurtre dont l'horreur s'est accrue par la nature de l'endroit où il a été perpétré. Elle doit congédier les petits-enfants pour se libérer à ces autres ramifications de son sang et auxquelles elle a moins souvent l'occasion de parler. Elle leur raconte ce qu'elle sait, et elle n'est pas surprise que ce soit ces correspondants vivant à mille lieux de là qui se révèlent en possession d'informations de première main. En tout cas, ils inclinent vers la même théorie que celle exposée par certains et qui pointe un doigt accusateur sur les hordes de fidèles, lesquels ont beau adorer le même Dieu, il arrive très souvent qu'ils développent des griefs suffisamment forts pour qu'ils s'empoisonnent ou se trucident. L'empoisonnement et l'exécution sont accomplis de la façon la plus perfide : l'arsenic est inséré dans un plat qu'on offre avec le sourire et le coup de poignard est asséné au moment où la victime est prosternée. Brigitte est horrifiée par ce qu'elle apprend de la bouche de la nièce, à la parole de laquelle elle a l'habitude de se fier puisque la nièce dirige une entreprise où ne travaillent que des hommes. Brigitte, elle, opterait pour un meurtre commis par un mari jaloux, car le plus loin où son imagination puisse s'aventurer se limite à des affaires de cet ordre-là. Elle est incapable de concevoir une motivation sans lien avec la chose. Pour elle les hommes et les femmes ne trébuchent qu'en ce domaine, le seul où leurs faiblesses se révèlent dans leur apogée, l'unique terrain où leur *malfaisance* peut se manifester avec un aveuglement sans limite. Brigitte prend congé de tous et absorbe deux cachets plutôt qu'un pour espérer réussir à échapper au poids d'une journée particulièrement éprouvante.

*

Les enfants, les petits-enfants ainsi que les neveux et nièces, de même que tout le voisinage de Brigitte, s'ils devaient employer un terme pour la qualifier, ce serait celui de « sainte ». N'y déroge pas le troupeau de brus et de gendres. Allongé aux côtés de Nadia, l'insomniaque époux sait et regrette même que les sujets habituels qu'ils abordent, pendant que les premiers ronflements fusent déjà de la chambre des trois garçons auxquels les parents rêvent d'offrir un jour un logement plus spacieux où chacun bénéficiera de davantage d'intimité, soient éclipsés par la sanglante actualité. Le gendre de Brigitte est plus embarrassé qu'éprouvé, lui qui se plaint d'avoir le sommeil difficile et qui, souffrant d'un éternel déficit de repos, aborde la réalité avec l'air de flotter. Comme s'il était né pour ne pas avoir de nom, on lui en a confectionné un, directement tiré de son métier : Profo, pendant que lui-même s'étonne qu'on ne se soit pas plutôt inspiré de son calvaire pour lui en fabriquer un. Il se serait bien vu répondre au nom de « Télémesta », que toute la corporation de l'éducation lui recommande de prendre et que lui se refuse à utiliser, ce qui, par ailleurs, n'a pas empêché ce beau monde de le soupçonner fortement d'en avaler quand même. En-dehors de ses difficultés à dormir, il passe pour un excellent époux, un excellent père, un excellent voisin, un excellent collègue : l'excellence que d'aucuns lui reconnaissent aurait été rarement aussi bien méritée, si seulement la nuit il ne tournait pas en rond tel un animal en cage pendant que le reste de l'humanité dort du sommeil du juste. Sachant que Nadia ne l'accompagnera pas jusqu'à l'aube, il la laisse parler, avant qu'elle ne l'abandonne au profit des inclinations biologiques de son métabolisme de personne normale. Profo s'ingénie à profiter de sa conversation, même si, ce soir, le menu lui est désagréable. Elle lui soumet son idée, qui situe le meurtrier parmi les ouailles, ce contre quoi il ne proteste pas, car il s'en fiche. Il aurait préféré qu'ils reprennent leurs habituelles marottes : compter les années d'épargne qui les séparent du projet de construire dans le lot de terrain qu'ils ont pu s'acheter avec les années de thésaurisation. Au lieu de quoi, c'est un sujet on ne peut plus macabre qui s'impose et qui semble tenir à cœur à sa moitié qui, avant de sombrer, le soumet à toute une batterie de questions, qui ne sont pas loin de rappeler celles des détectives de la télé en présence des suspects. Se retrouvant seul après que madame ait commencé à jouir du bonheur de dormir, Profo, les mains jointes sous la nuque, laisse filer plusieurs instants avant de s'éveiller à l'insinuation contenue dans les mots de l'inquisitrice qui lui a donné trois beaux enfants. Comment a-t-elle pu imaginer que ce soit lui qui s'était chargé de régler son compte au religieux ? Les fonctions de celui-ci n'apportaient au mari, un laïc convaincu, qu'agacement mais de là à insinuer que l'énervement puisse l'avoir amené à une telle extrémité, c'est scandaleux. Il y a même là une raison supplémentaire pour prolonger de plusieurs heures l'attente de l'insomniaque. Il est en colère, ce qui ne travaille pas pour son intérêt en ces minutes où le calme le plus complet doit être de rigueur s'il souhaite recevoir la visite des messagers d'Orphée. Il finit par se redresser pour jeter un coup d'œil à la masse couchée à sa droite. Incroyable ! Il est stupéfait, outré même. Il n'en revient pas de ce que la palme d'excellence qu'on lui attribue partout puisse être brutalement remise en question. Il improvise un saut aux toilettes, qui se prolonge en une incursion à la cuisine où, s'invitant à avaler un verre d'eau, il s'entend se susurrer la tentation de boycotter la forteresse conjugale pour se replier sur le balcon. Attendre pour attendre, là au moins, il n'entendra personne le narguer par les ronflements…Il a cinquante-cinq-ans et il a toujours mal dormi depuis au moins quinze-ans mais, pour autant, ses problèmes ont-ils pris naissance là, vraiment ? En vérité, il n'en sait rien. Sauf qu'il lui plaît de croire qu'avant cette époque d'il y a quinze-ans, il rencontrait moins de difficultés. Il se souvient d'avoir dormi une fois de huit heures du soir jusqu'au lendemain midi. En y repensant, il est frappé d'incrédulité. Il dort si mal depuis tellement d'années qu'il a dépassé la phase où les autres l'incitent à consulter. La perspective de devoir alors se confier à un apothicaire l'indignait, comme s'il savait que tous ses aveux éventuels seraient marqués du sceau d'une honte indélébile et qu'il n'ignorait pas que la honte et les raisons souterraines de son mal étaient indissociables, la honte, oui, plus il se fouillait, plus elle affleurait, et rien ne lui était plus insupportable que d'être confronté, sous l'assistance péremptoire d'un thérapeute, à l'objet de sa honte…Il se revoit dans ses fringants quarante-ans, en instance de convoler en justes noces, diffusant partout l'image de la réussite, pendant qu'au-dedans il souffrait d'une tumeur d'abord bénigne mais qui a vite fait d'évoluer en un ulcère ravageur : cette maladie avait un nom, et même une frimousse, elle avait seize-ans et chaque matin, Profo devait dispenser son cours en s'interdisant formellement d'orienter son regard vers elle de terreur qu'elle ne devine qu'il était à sa merci. Par moment, il en venait à vouloir lever le drapeau blanc, s'avouer vaincu et aller s'effondrer à ses pieds. Il souffrait atrocement cependant qu'il ne pouvait en parler à personne, absolument à personne, trop conscient du ridicule dont il se couvrirait devant le collègue ou l'inconnu harponné au hasard d'une excursion bachique…Elle s'asseyait au milieu de ces laiderons dont les filles promises au succès aiment à s'entourer. Il avait succombé sans s'en rendre compte, puis il avait essayé de faire marche arrière, averti que les élèves sont féroces quand ils découvrent qu'un de ceux d'en face en pince pour une des leurs. Il aurait été montré du doigt, moqué, persiflé. Il promenait du matin au soir des traits renfrognés, de sorte que lorsqu'il pointait au travail, bien qu'il se soit lavé le visage avec force eau et savon, le concierge et les collègues jureraient qu'il était sorti de chez lui sans passer par la salle de bain. Il abhorrait les vacances, les grèves et les intempéries qui provoquaient parfois la fermeture de l'établissement. Jamais il n'osait lever les yeux sur elle, mais cela le réconfortait de savoir qu'elle demeurait à portée de son regard. Cela avait duré deux longues et atroces années, deux années de souffrance tue, ce qui en décuplait l'acuité…et impacterait à jamais la qualité de ses nuits. « C'étaient les risques du métier » se répète-t-il quand la mémoire lui revient. Jamais personne au monde n'a rien su, surtout pas la fille, il a réussi à garder le secret, il s'est évité l'opprobre, mais à quel prix ! Il est vrai que la veille, comme il se morfondait comme maintenant, il a croisé la route d'un couteau qu'il n'avait pas l'habitude de voir et qu'il s'en est saisi, comme tenté de se le planter dans la chair, pour se punir de ne jamais arriver à trouver le sommeil, et que finalement il a enfoncé dans le pot de l'hortensia, un geste déraisonnable qui a été lu le lendemain à travers le prisme d'un fait divers sanguinolent…De retour dans la chambre, il s'allonge en prenant soin, tel qu'il le fait toujours, de ne surtout pas réveiller madame et s'en remet pour tuer le temps à son smartphone sur lequel il s'attèle à lire les brèves du monde…

*

Avant d'éteindre, elle a bien entendu avalé deux cachets, sachant que ce n'est pas le jour où elle trouverait le sommeil sans, mais elle ne dormira pas pour autant et, à tâtons, a cherché son smartphone pour surfer elle aussi, non pas à la recherche des infos, ne sachant pas lire, mais de vidéos gastronomiques, s'en remettant à ces cordons bleus de la distraire de ses angoisses de vieille femme qui a eu une jeunesse. Brigitte a perdu son père très jeune et elle a toujours cru que tout a démarré de ce décès imprévu qui, la débarrassant d'un tyran, l'avait rendue, jusque dans son langage, dans son langage surtout, délurée et dévergondée ; sur ses lèvres les gros mots venaient spontanément, les gros mots que naguère encore elle ne se sentait jamais le courage d'employer, même seule, tant la dissuasion paternelle était efficace. Elle scandalisait les filles de son âge et même les garçons, elle arrivait à les faire rougir en proférant un vocabulaire obscène, elle ne se voyait pas s'arrêter désormais qu'elle n'avait plus personne à craindre, surtout pas une mère prodigue en menaces mais sans plus. Elle n'avait pas non plus de grand frère qui aurait hérité de l'autorité du disparu, elle était entourée de sœurs et de cousines, qui la réprimandaient pour sa liberté de ton et lui promettaient une punition qui lui viendrait du ciel et qui, à force d'être brandie, avait fini par fondre : la future Brigitte s'est cassé les dents en tombant un jour, de sorte qu'à vingt-ans elle a été obligée de porter un dentier. Mais à vingt-ans elle était déjà casée et mères de deux rugissants bébés mâles qu'elle maniait avec dévouement. Ses dents étaient fausses mais ses appas s'étaient épanouis. Elle avait appris à faire avec les regards déshabilleurs et les mâchoires pendantes qu'elle voyait chez tous ceux qui venaient à passer, parents ou étrangers, et qui se rejoignaient tous dans cette sorte de regard qui trahissait l'eau qui leur venait à la bouche. Ils décernèrent à la jeune maman un surnom, dont on usait davantage dans son dos qu'en sa présence : pas étonnant qu'elle ait été la dernière à apprendre comment on la surnommait en coulisse. Loin de s'en offusquer, elle s'ingéniait au contraire à mériter le sobriquet : si c'était le démon qui les travaillait tous, elle avait l'innocence de trouver une gueule d'ange à ce monstre. La nuit, elle épuisait son mari, qui puisait dans cette appétence de quoi être tranquillisé, et il n'était pas assez fin pour imaginer que la journée aussi, elle en redemandait alors qu'il était à son travail et qu'il y avait du monde pour concourir…De toute sa vie, elle n'a été amoureuse que d'un chanteur qu'elle entendait à la radio et qu'elle n'aurait pas reconnu en peinture, mais à cet amour elle est demeurée loyale pour le reste des années. Sinon, les hommes ne valaient que par ce qu'ils révélaient quand ils se débraguettaient, chez elle ou au-dehors, car elle n'hésitait pas à braver les dangers et à donner de sa personne pour transplanter ses appas renommés jusqu'aux mains impatientes de ceux qui aspiraient à en disposer. L'outrance où elle s'était tant vautrée, qu'elle est longue à expier ! Quand l'un ou l'autre de ses enfants l'emmène faire un tour en voiture, elle le harcèle en chemin de conseils de prudence, elle voit l'épée du châtiment l'attendre à chaque tournant. Elle a donné et redonné aux pauvresses de passage mais sans jamais accéder à cette quiétude que, en haut lieu, elle était pardonnée…Comme les deux cachets mettent trop de temps pour lui alourdir les paupières, elle use d'un troisième : qu'un mort survienne dans les environs et elle a besoin d'être aidée pour traverser l'épreuve…Lorsqu'elle a sombré, elle rêve du meurtre et, au réveil, comme elle en parle à sa fille au téléphone, elle n'est guère surprise d'apprendre qu'elle n'a pas été la seule à avoir été poursuivie jusque dans le sommeil par le tragique fait divers.

*

Nadia n'a pas proprement rêvé du meurtre mais de son collègue Kakou. Dans ce rêve, il se targuait encore de détenir des informations que nul autre que lui ne savait ; un instant, il a même été sur le point de crier le nom de l'assassin mais une meute de policiers en uniforme se sont bizarrement rués sur lui et l'ont embarqué, en conséquence de quoi il s'est répandu dans tout le pays que le meurtrier a été arrêté. En vérité, cela tenait davantage du cauchemar que du rêve. Sur son côté, son époux dort, la bouche ouverte, l'air terrassé, comme s'il portait le poids concret des souffrances qu'il a endurées pour parvenir à fermer l'œil. Elle détourne les yeux de lui, il est moche quand il sommeille – elle a toujours trouvé que dans le sommeil jamais personne n'est à son avantage, sauf peut-être sa mère, qui lui semble embellir avec l'âge, sans doute parce que c'est une personne qui a un bon fond et dont la grâce ne s'évanouit pas même dans les situations de total relâchement. Il n'est pas dans les habitudes de Nadia de l'appeler de bonne heure – toujours le souci de ne pas l'alarmer –, mais ce matin elle a eu envie de savoir si elle a tant bien que mal survécu à la nuit. Pour lui parler, elle est sortie de la chambre, en prenant soin de bien refermer derrière elle, veillant sur le sommeil du malheureux. Elle mesure sa chance, elle aurait pu tomber sur un mari tout sucre au départ puis qui s'avérerait être un caractériel : elle n'en compte pas les exemples, elle en est environnée au quotidien, presque toutes ses collègues femmes sont dans cette situation : on les a épousées pour leurs carnets de chèques et la plupart du temps elles ne voient jamais la couleur des billets que les messieurs prennent sur eux d'aller retirer. Nadia, elle, est gâtée sur ce plan puisque le sien n'a jamais cherché à lui faire signer une procuration. Oui, laquelle d'entre elles n'a jamais eu droit à cette réplique à l'éclatement du moindre orage : « Je t'ai épousée pour ton salaire ! » Nadia, entrainant les gosses vers la voiture, se découvre impatiente d'arriver sur son lieu de travail. Elle y besognera mais s'informera aussi. Elle est tenue en haleine par cette histoire d'homme sans histoire se faisant trucider dans un sanctuaire, elle espère qu'il n'est rien arrivé à sa principale source d'informations, que celle-ci continuera à couler comme de coutume, l'abreuvant elle et la corporation qui consulte pourtant régulièrement la page Facebook du village, laquelle est administrée par Kakou lui-même mais le bonhomme est susceptible d'être en possession de pépites qu'il n'a pas postées car la ladite page est aussi non moins régulièrement passée au crible par les autorités. Dès le portail du collège, la première voix qu'elle entend est de nature à la débarrasser de toutes ses inquiétudes puisque c'est celle du prof du dessin – qui naguère enseignait les maths et qui a été déchargé d'une matière trop prenante depuis que le malheur l'avait frappé à domicile. Nadia serre la main à toute l'assemblée. Elle sourit aux mines déconfites. Apprenant que le coupable court toujours et que l'enquête n'a pas avancé d'un iota, elle n'est pas affectée plus que ça. Kakou, parlant d'abondance, persiste dans ses soupçons de la veille. La mosquée est fortement achalandée ces derniers temps, ces barbus et ces récitateurs de sourates qu'ils ne comprennent pas couvent des frictions et des haines qu'il est dans leur vision de la religion d'entretenir. Les dévots vous regardent de travers à cause d'une simple entorse à la manière de faire vos ablutions ou d'effectuer l'office. Il n'y a pas plus vétilleux que ces orants qui s'abusent eux-mêmes en jouant aux champions de la classe et qui ne souffrent pas d'être bousculés dans leur confort. Kakou ramène la question sur le terrain de la liturgie où les divergences sont parfois sources d'inimitiés mortelles. « Tenez, fait-il en triomphant : la façon d'appeler à la prière est truffée de références que certains n'acceptent pas qu'on malmène. Ils vous en haïssent en attendant de vous faire la peau ». Toujours avant la dispersion du rassemblement, Kakou se tourne vers la dernière arrivée pour la gratifier d'une vanne à laquelle elle seule a droit, il ne fait pas mystère de son admiration pour Nadia. Pour autant, il ne fomente pas le projet de la culbuter, pas du tout, il est aux antipodes de ce genre d'intention, il sait surtout que si sa collègue l'en soupçonnait, cela le disqualifierait à jamais à ses yeux. Il rit avec elle et plaisante, mais jamais il ne s'autoriserait à l'appeler, comme cela lui brûle parfois les lèvres : « fille de Brigitte ». Il feint de ne pas être au courant que c'est ainsi que la mère de Nadia est surnommée dans les coulisses, il fait gaffe à ne pas démériter par un dérapage. Il sait que sa collègue est une épouse comblée, que sa relation avec son mari est au point. Kakou, qui sait toujours tout sur tout le monde, ne peut pas imaginer que Nadia n'a pu dormir qu'après avoir mis son époux sur la sellette et qu'elle a hâte que toute cette affaire soit close pour qu'elle puisse être totalement rassurée.

2

Il s'est laissé pousser la barbe, une barbe où le poil blanc est plus récurrent que le poil noir, une barbe dont le port à première vue semble avoir été dicté par la ferveur religieuse, peut-être, Kakou ne défend à personne de le croire, sauf que pour les intimes, c'est une barbe de deuil, le deuil d'avoir vu sa femme mise en congé de maladie, vivant sous la perfusion permanente de médicaments qui l'ont transformée en un grume inerte dont il lui faut s'occuper comme des deux enfants qu'elle a mis au monde et qui peut-être tomberaient un jour malades, vu que cette sorte de pathologie est éminemment transmissible par les voies impénétrables du sang, le deuil donc d'être le témoin inconsolable d'un cocon familial tout de bonheur et d'harmonie et qui a volé en éclats un beau jour, sans crier gare, comme un pneu qui se pique de crever au beau milieu de la route, interrompant la course du véhicule et exaspérant le chauffeur qui doit descendre pour le changer s'il dispose dans le coffre d'un pneu de rechange ou si la crevaison trop brutale n'a pas précipité la voiture dans le talus ou, pire encore, contre un poids lourd qui en aurait à peine ressenti la collision. Kakou ne possède pas de voiture, il aurait pu en avoir une, il était même en voie d'en acheter, mais tous les rêves et les projets qu'il échafaudait se sont interrompus, la fatalité ayant son mot à dire dans la conduite des vies et des destins, la fatalité sur laquelle il ne cesse de méditer, bien qu'extérieurement, volubile et plaisantin qu'il est, on ne dirait pas qu'il est homme à se triturer les méninges pour résoudre des abstractions. Il a cinquante-deux ans et les stries qui ont peint le visage de son défunt père ont ressuscité sur le sien, sans pourtant le vieillir car le faciès de Kakou est doté d'un levier qui diminue l'effet de l'âge et fait battre en retraite la décrépitude et ce levier est le rire ou plutôt l'antichambre du rire : le sourire, qui semble toujours en latence chez lui et qui ne demande qu'à évoluer en un rire fracassant, une évolution qui exige quand même que Kakou soit en compagnie de ses semblables, parce que s'il est seul sa constante bonne humeur et sa faconde naturelle ne peuvent s'exprimer que par le sourire, un sourire joyeux offert à l'adresse de tout le monde. Ayant terminé sa journée de prof et abattu à la maison toutes les besognes qui l'y attendaient dont la vaisselle, Kakou est ressorti pour aller s'immerger dans la population pléthorique de ce bourg exigu au moral durablement atteint. Devant la mosquée, il y a des bancs au nombre insuffisant pour accueillir tous ceux qui aimeraient s'y poser et qui doivent se contenter de rester debout. On se tourne vers lui parce qu'il est susceptible d'avoir du neuf à servir. On s'inquiète de ce que la mosquée ne rouvrira pas de sitôt, on se préoccupe peut-être de cette question davantage que du mystère qui entoure un assassinat consternant à deux titres : la profession de la victime et le lieu où son sang a été répandu. Les yeux de la foule s'avivent quand un véhicule de la police apparaît, filant à toute vitesse à travers la rue principale vers l'hôpital où le corps n'a pas encore fini d'être examiné par un médecin légiste dépêché du chef-lieu et dont les compétences, pour le moment, n'ont pas permis de fournir le moindre indice sur l'identité du criminel. Les regards se posent sans réticence sur les véhicules à gyrophares, en font le compte et on les bombarde d'interrogations muettes. Devinant les impatiences et cherchant à les éviter, les véhicules de la police redoublent de vitesse pour échapper aux cohues parmi lesquelles le meurtrier se tient peut-être tapi. De cela, Kakou, qui s'est empressé de s'assoir dès qu'une place s'est miraculeusement libérée, ne doute point. Il n'est même là que pour ça, contempler la foule des fidèles, inventorier les faces tout en s'efforçant de résister à ses tropismes d'homme exagérément sociable, qui a besoin de palabrer et de rigoler avec le premier venu, d'échanger des vannes, attitude aujourd'hui inappropriée et qui aurait paru lourde aux personnes qu'il aurait pu aborder comme d'ailleurs à lui-même, tenté par le renfermement, comme s'il avait compris qu'en se faisant violence et qu'en gardant le silence il parviendrait à percer les secrets, à peaufiner ses doutes, à soupeser son soupçon que le coupable est forcément dans la mêlée, jouant à l'innocent adorateur venu s'enquérir comme tout un chacun de la date de la réouverture du temple. De nouveau, d'autres voitures de la police, peut-être les mêmes que tout à l'heure, en tout cas roulant à une vitesse identique, comme s'il s'agissait pour l'honorable institution de ne pas trop s'exposer alors qu'elle est prise en défaut d'un quelconque résultat vingt-quatre heures déjà depuis que le sang a coulé. Les véhicules, mystérieusement en nombre, en sont réduits pour le moment à aller du commissariat à l'hôpital et vice versa, jamais ils ne bifurquent pour opérer une arrestation ou tout au moins interroger des témoins. Les autorités sont dépassées et il leur en coûte de l'admettre ou même de le laisser paraître, d'où cette vitesse d'éclair à laquelle ils défilent devant la place de la mosquée qui grouille d'autant de monde que pour l'office du vendredi. Plongeant la main dans sa broussailleuse barbe, aussi blanche que celle d'un vieillard, geste mécanique, presque inconscient, destiné à aplanir d'éventuels poils en rébellion, le prof du dessin, dont le sourire malicieux ne s'éteint jamais, passe la foule au crible, notamment les grappes de jeunes, ces ultras des ablutions et de la génuflexion, qui se repaissent à longueur d'année de religion, qui ne savent parler que du licite et de l'illicite et qui suivent les prêches non pour apprendre mais pour débusquer les déviances et les hérésies du sermonnaire, qui chipotent sur tout tant ils sont sûrs d'en savoir toujours plus que tout le monde car, leur science, eux, ils ne la puisent pas dans des sermons donnés par des fonctionnaires rétribués par un gouvernement impie, mais chez les grands maîtres qui sont morts depuis des siècles et qui ont écrit des ouvrages dans lesquels les réponses toutes ficelées à toutes les questions sont délivrées pour l'édification des générations de lecteurs. C'est peu de dire que ces cohortes de prétentieux tapent sur les nerfs de Kakou, qui ne leur a jamais dissimulé son antipathie, voire son hostilité, qu'ils ont tendance à tolérer parce que la plupart de ces jeunots à barbiche ont été ses élèves. Le prof – qui a vécu comme une rétrogradation sa mutation de l'enseignement d'une matière vénérable à celui du dessin – décortique lui aussi les sermons hebdomadaires, aucun de ces morveux n'était encore né lorsqu'il a commencé à fréquenter la mosquée et à apprendre, si bien qu'aujourd'hui il croit avoir une vue d'ensemble non seulement sur sa religion mais sur toutes les religions, lesquelles, à la base, partent toutes d'un même message de paix entre Dieu et les hommes, mais surtout entre les hommes eux-mêmes, et qui, au fil du chemin, finissent par se dévoyer car, sitôt les fondateurs décédés, le relais est immédiatement pris par la caste la plus nocive et la plus sournoise qui soit, celle des docteurs de la loi, les oulémas qui se posent en héritiers des prophètes, qui se sentent investis d'un sentiment de gardiens des âmes, de bergers des cohortes, ils s'imposent aux foules comme les dépositaires de tout commerce entre le ciel et la terre et qui se mêlent d'avoir leur mot à dire sur tout et rien, si bien qu'à la fin la religion s'enkyste, tombe malade et ôte la santé aux ouailles tout en prétendant incarner le remède et la guérison. Les oulémas dont les noms surnagent les siècles sont encore les plus vénéneux, justement parce qu'ils survivent au temps et que cette survie est perçue comme le signe de l'assentiment de Dieu à leur égard, comme la preuve palpable qu'ils sont porteurs d'un enseignement béni, or, il n'y a rien de plus faux, s'ils sont devenus immortels c'est juste par ce qu'ils ont tout fait pour être vus et admirés, qu'ils ont grimpé sur les proéminences afin d'être applaudis par le plus grand nombre possible et que pour arriver à leurs fins ils n'ont hésité devant aucune compromission ni aucune vilenie, toujours mus par leur soif d'admiration et d'influence sur les multitudes. Jugez-en : un jour où un célèbre savant est mort et que la nouvelle de sa mort est parvenue à un autre savant, celui-ci s'empresse de se prosterner pour remercier Dieu de ce décès. Entre eux, les noms d'oiseaux ne sont pas assez virulents pour être employés, ils leur préfèrent ceux de « Bête » ou d'« Antéchrist » ou encore de « fossoyeur de la religion », ils se haïssent et s'étripent, leurs écrits témoignent des jalousies infernales qui les animent, ils n'ont de cesse de se jeter l'anathème et de s'excommunier, chacun ne souffrant pas qu'un autre que lui-même puisse se tenir sur le sommet de la colline en face du troupeau bêlant des adorateurs, leurs rivalités sont telles qu'une règle a été instituée, stipulant qu'il ne faut jamais accorder du crédit à ce qu'un docteur de la loi dit de son homologue tant ils sont trop orgueilleux pour se considérer entre eux avec un minimum d'objectivité, à défaut d'aménité, ils se vouent aux gémonies ces directeurs de conscience autoproclamés, ces veilleurs infatigables comme ils aiment à se définir sur la rectitude morale et le droit chemin, ils recèlent en quantité le péché d'orgueil qui a provoqué la chute de Satan, leur maître véritable dont ils ont pour mission de propager l'enseignement tout en se faisant passer pour les dispensateurs de la parole du Tout-Puissant. « Tu n'es pas leur tuteur » dit Allah au prophète dans sept occurrences et dans trois autres encore : « Tu n'es pas leur gardien », mais les prétendus héritiers des prophètes s'octroient toute licence d'exercer leur tutorat sur les gens, ils sont totalement dépourvus de la moindre immunité contre le sentiment orgueilleux d'être les gardiens désintéressés du temple et de la bonne conscience, ils ne sont immunisés que contre l'humilité dont le premier signe aurait été un renoncement de leur part aux titres ronflants dont ils adorent s'affubler : « puits de science », « soleil du Levant et du Couchant », « empereur de la connaissance »…Non, il n'y a rien d'étonnant que tout soit de travers, que le milieu soit devenu le centre et le centre le bord, le vrai si intrinsèquement mâtiné du faux que le mensonge endosse l'habit de la vérité et que la vérité soit perçue comme une hérésie pour la divulgation de laquelle la peine capitale est requise, sous la houlette des oulémas qui condamnent à mort pour une simple audace du langage ou une négligence dans l'accomplissement du rite il n'y a pas lieu d'être surpris qu'un connard se lève aux aurores et prend le chemin de la mosquée non pour s'y adonner à une activité pacifique mais pour commettre un assassinat sauvage avant de rentrer chez lui avec le sentiment du devoir accompli, les connards pullulent, ils sont fats et méconnaissent le doute, ils s'habillent en blanc pour mieux masquer leur noirceur intérieure, ils sont assidus au temple alors que de par leur nature ils auraient été plus utiles à l'abattoir, le connard auteur du meurtre du muezzin doit être là, mêlé à la foule venue partager son émoi et il doit rire au-dedans de lui que la liquidation d'un mauvais sujet fasse tant d'histoires, c'est la conviction de Kakou, son intuition qu'il ne tient pas pour l'instant à médiatiser, laissant les uns et les autres divaguer et orienter leur flair dans toutes les directions. La nuit commençant à tomber, la foule s'apprête non à se disperser mais à converger vers la maison endeuillée pour y veiller un cadavre qui n'a pas encore été rendu aux siens et qui ne le sera certainement pas avant longtemps, car les autorités détestent avoir tort et préfèrent s'éterniser dans les lourdeurs bureaucratiques à seule fin de n'avoir pas à admettre leur impuissance. Kakou, ayant préparé le repas de ses deux enfants sur la table de la cuisine avant de s'éjecter de la maison et ayant également administré le traitement à son épouse qui, comme tout malade qui se respecte, rechigne à le prendre à moins d'être forcée, accompagne le mouvement de ses congénères et se dirige lui aussi vers la même destination, en s'avouant à peine que s'il se dérange ainsi pour marquer sa présence à une fausse veillée funéraire, c'est parce qu'il n'a pas eu sa dose de palabres et de rigolade sans quoi il est incapable de se résoudre à rentrer.

Le muezzin habitait une maison construite de neuf, non parce que son salaire le lui permettait mais parce qu'il avait la chance extraordinaire, dont bénéficient bien d'autres de son extraction, d'avoir un fils parti tenter sa chance en Europe et qui, en bon fils, n'a pas omis tout au long des années d'envoyer des sous, que son indigent de père a eu le bon sens d'investir entièrement dans la construction et de s'arracher au gourbi où il était condamné à finir ses jours sans la providentielle initiative de son fils qui a été bien entendu informé du décès de son géniteur mais qui ne peut hélas pas faire le voyage parce qu'il n'a pas de papiers et qu'il vit et travaille depuis de très longues années dans un pays où il est très loin d'être un cas unique. Arrivés en masse devant la maison peinte de frais, les gens se sont mis à parler de ce fils qu'ils n'ont pas vu depuis plus de dix ans, dont ils se souviennent à peine des traits et qu'ils ne sauraient reconnaître s'il réapparaissait un jour mais, pour autant, ils ne l'ont jamais oublié puisque ses envois pécuniers, très réguliers, que son père dépensait à bon escient, venaient toujours le rappeler à leur bon souvenir, ils le louaient parce qu'il avait tiré son père de la misère et que celui-ci, grâce à l'argent expédié du pays des mécréants, faisait jeu égal avec tous ses congénères qui ne semblent être nés que pour se construire des maisons, un but à la mesure de leur virilité et qui n'est à la portée que des hommes, des vrais, une vaste catégorie que le muezzin a pu intégrer alors qu'il était loin d'en avoir la carrure. Quand on passait devant son chantier, où il trimait aux côtés des maçons et des manœuvres, il éprouvait la plus grande fierté de sa vie en songeant que tous devinaient d'où lui venait l'argent nécessaire pour construire et qu'il n'y a rien de plus flatteur pour un père que de devoir son bonheur à un fils digne de ce nom. S'il se mêlait aux travaux ce n'était pas seulement pour économiser un salaire mais parce qu'il était lui-même un manœuvre et qu'il n'a même jamais été autre chose qu'un homme corvéable à merci et qui ne se distinguait du lot que par une assiduité à toute épreuve à la mosquée. Il a toujours été pieux, animé de cette foi de charbonnier qui n'avait cure d'aucune joute théologique, ne soupçonnant même pas qu'il en existait. Jamais effleuré par le doute, il pointait aux offices, à tous les offices, celui de l'aurore compris, sans jamais en manquer un seul, qu'il pleuve ou qu'il neige ou qu'il fasse aussi chaud qu'en cet enfer dont sa piété promettait de le sauver et qui, en attendant qu'elle soit payante dans le prochain monde, ferait son bonheur en celui-ci puisque le comité de la mosquée, dans un premier temps, a commencé par lui confier le double des clefs, étant donné que, s'il pouvait arriver que l'imam en personne fasse défaut, le pauvre bougre, lui, était immanquablement présent à l'heure de la prière collective et qu'en le dotant d'un double des clefs, on était assurés que le temple soit toujours ouvert à temps et que l'office se tienne quoi qu'il en coûte. On l'appelait « el hadj », alors que le futur muezzin n'a jamais eu les moyens d'accomplir le pèlerinage à La Mecque ni même la volonté d'entreprendre le voyage, mais à force de se confondre avec les murs du temple, il a semblé aux fidèles, dont le sens de la facétie ne dort jamais, qu'il méritait un titre que d'autres n'ont obtenu qu'après avoir mis sur la table les sommes astronomiques requises par le pèlerinage. On oublia donc son nom si jamais on le sut un jour pour ne plus le désigner, en partie pour se payer sa tête, que par celui, honorifique, d'El hadj. Il besognait encore comme métayer chez les cultivateurs de pastèques connus d'arroser leurs cultures, en raison de la sécheresse qui ravageait le pays, avec l'eau des égouts, ou plus souvent encore sur les chantiers mis en œuvres par des richissimes hommes d'affaires à propos desquels on chuchotait qu'ils investissaient leurs sous dans la pierre uniquement pour les blanchir, une complexité du monde et des hommes que le besogneux père de famille ne paraissait pas comprendre ni même soupçonner, ce qui comptait pour lui étant d'être employé et d'être rétribué, de toute façon il ne travaillait que pour pouvoir nourrir sa petite famille car l'occupation la plus importante à ses yeux était l'accomplissement des cinq prières quotidiennes en temps et en heure. À la longue, il a fini par être promu. L'ancien muezzin étant parti à la retraite, une retraite d'ailleurs dont la mort ne lui a pas laissé le temps de profiter longtemps, et qu'il a fallu le remplacer au pied levé, un membre du comité suggéra le rat du bénitier, une suggestion qui fit sourire ses confrères mais qui finit par emporter leur adhésion, du moins la décision fut prise de le mettre à l'essai. Le plus difficile a été d'enseigner à un analphabète l'*adhan* qui tient en quatre couplets. Il mit du temps pour le mémoriser et une fois cela fait, on le présenta au micro. Ses premiers essais firent glousser tout le pays tant il massacrait les mots et sa voix se perdait dans une sorte de chant qui ressemblait justement beaucoup trop à un chant et très peu à une semonce de piété qu'à temps fixe il se devait de lancer via les décibels pour rappeler les fidèles à leur devoir envers leur Créateur. Le nouveau muezzin ne s'améliora pas à l'usage mais le bourg finit par s'habituer à sa voix nasillarde, à ses mots hachés et surtout déclamés à une telle vitesse qu'on ne les distinguait pas. Avec le temps, on n'y faisait même plus attention. Le comité de la mosquée se décida alors à régulariser sa situation et à le recruter d'une manière officielle et définitive. Cependant, le muezzin, qui n'en croyait pas ses yeux devant cette évolution spectaculaire, n'était pas au bout de ses peines parce que ses nouvelles fonctions le mirent aux prises avec des fractions de fidèles, les plus jeunes d'entre eux surtout, qui trouvaient toujours à chipoter sur tout et rien et dont la jeunesse et l'enthousiasme maquillaient l'ignorance persuadée d'être une connaissance éclairée. Ces jeunes dévots, affables dans une première phase, tentèrent de lui enseigner un *adhan* différent, celui-ci plus conforme selon eux au modèle révélé et si le muezzin trainait les pieds pour leur obéir c'était surtout par paresse d'avoir à réapprendre ce qu'il avait passé tant de temps à mémoriser. Ce fût surtout l'occasion pour lui de découvrir la complexité inextricable dans les choses aussi simples et aussi monotones que l'appel à la prière qui résonnait sur la terre des hommes depuis des siècles mais qui s'avérait chargé de messages politiques et truffé de références en lien avec les querelles de chapelles qui n'ont pas tardé à voir le jour dans la religion d'Allah comme dans toutes les religions apparues précédemment. Le « Dieu est plus grand » qui inaugure l'appel à la prière n'est qu'une énonciation purement générique derrière laquelle se dissimule une pléthore de califes qui se prenaient pour rien de moins que les égaux du Tout-Puissant et qui n'ont jamais résisté à la tentation de réécrire l'*adhan*, l'un l'harmonisa avec son désir sanguinaire du djihad qui avait fait sa fortune et sa gloire, un autre y introduisit la mention du nom du prophète, et un autre enfin, prenant ombrage de ce que l'appel à la prière mentionne le nom du prophète justement, voulut y ajouter « salutation au prince », c'est-à-dire lui-même, avant de faire marche-arrière tellement l'innovation parût outrancière et scandaleuse. Au final, l'*adhan* a été tellement trituré qu'on ne sait plus quelle monture est la bonne. Ce qui devait être au départ un simple appel à la prière s'est transformé en une source de déchirements et de haines dont les générations de fidèles ont hérité, chacun proclamant détenir la seule bonne version et cherchant par tous les moyens à l'imposer. Quand les jeunots à barbiche allèrent donc voir le muezzin pour lui expliquer qu'il commettait une hérésie en appelant à la prière de telle façon plutôt que d'une telle autre, ils n'ont fait que l'embrouiller et, dans son désarroi, il s'obstina à continuer à s'acquitter de sa tâche sans ne rien changer aux mots composant l'*adhan*, quitte à braquer ces donneurs de leçons toujours plus péremptoires et toujours plus prétentieux, jusqu'à empoisonner l'atmosphère régnant à l'intérieur de la mosquée et à y instaurer une ambiance de rivalité et de haine revancharde. Le muezzin refusait de prendre parti pour une école contre une autre, le seul parti qu'il suivait était celui de la continuité qui lui garantissait un salaire régulier et l'exécution tranquille de ce qu'il considérait comme son devoir envers Allah, une intransigeance qui lui a peut-être coûté la vie, et pendant que certains s'efforcent de regarder dans maintes directions pour situer l'origine de la violence, un homme dans la foule, lui, demeure persuadé que le meurtrier est un de ces dévots prêts à tuer pour le seul plaisir d'avoir raison et de faire prévaloir son opinion sur celles des autres.

    Kakou, arrivant dans le quartier où aucune guirlande ni aucune disposition particulière n'indique qu'il héberge une veillée funéraire, a la chance de se dégoter un parpaing pour s'asseoir, la position assise est la seule qui lui soit confortable, à lui qui passe le plus clair de son temps debout en face de ses élèves. Les parpaings sont alignés contre le mur d'enceinte encore inachevé de la maison du défunt, d'où les parpaings empilés tout autour et dont les gens se sont servis pour se poser. À leur arrivée, aucune réaction de la famille du muezzin. Derrière les murs de la maison, l'heure est au deuil et on ne semble nullement préoccupé par cette arrivée de veilleurs que personne n'a songé à convoquer. On ne s'incruste pas moins. Un instant, la porte s'entrouvre pour laisser apparaître l'une des deux filles du muezzin et qui est mariée et qui elle, tout comme sa sœur d'ailleurs, a accouru, contrairement à leur frangin coincé dans les méandres bureaucratiques de l'exil et qui doit noyer son chagrin dans l'alcool. La fille, quoique moulée dans la tristesse, semble néanmoins sujette à la rancœur qui se décèle dans sa façon de dévisager les gens, on aurait dit qu'elle leur en veut et qu'elle les tient pour responsables de ce qui est arrivé à son père. La seconde fille du muezzin ne tarde pas elle non plus à montrer le bout de son nez, comme pour vérifier que les habitants du bourg ont bien eu le culot de venir veiller un mort qui a été ravi à l'affection des siens avec une rare sauvagerie dont tous, d'une manière ou d'une autre et à des degrés divers, endossent la responsabilité. Visiblement, s'il fallait à la famille un bouc-émissaire, elle l'a trouvé dans la société toute ensemble et il semble qu'elle camperait sur cette position jusqu'à ce que le meurtrier soit dûment identifié et appréhendé. « C'est vous qui l'avez tué ! » crient les yeux fulminants de colère que les deux sœurs adressent à la cohue dont elles n'interprètent pas la démarche comme une action de compassion pour elles mais comme une initiative malvenue et déplacée, en ces circonstances où la famille n'a aucune idée de la date à laquelle le corps lui serait remis pour qu'elle fasse son deuil et où l'assassin court toujours. Il s'en faut de peu qu'elles ne crient à la face des gens : « Rentrez chez vous ! Personne ne vous a demandé de venir ! » Si elles se retiennent c'est uniquement parce qu'elles ont la langue nouée par le chagrin et que leur éducation, toute de pudeur, les empêche d'élever la voix devant un rassemblement d'hommes.

Les gens ont capté le message mais ils continuent à se disputer les parpaings qui se révèlent vite insuffisants pour le très grand nombre de personnes qui se sont senti le devoir de faire le déplacement et qui, accueillies froidement, n'entendent néanmoins pas rentrer bredouilles, sans avoir satisfait leur besoin séculaire et inepte de veiller un mort absent tout en bavardant. La plupart des gens restent debout et l'unique concession qu'ils font à l'accueil glacial qu'on leur a réservé est de parler à voix basse, voire de ne pas parler du tout. Kakou, qui n'a même pas la satisfaction de se savoir attendu chez lui par une femme disposée à assouvir son érection hebdomadaire, est encore moins décidé à décamper. Il s'attarde, tandis que persiste devant ses yeux l'image tristounette des deux sœurs qu'il a connues jeunes et pimpantes et qui, à l'occasion de cette réapparition dans leur bourg natal, dans des circonstances dramatiques, ont affiché des visages décatis dont le deuil a quelque peu renforcé l'impression du vieillissement qui peignait les deux mères de familles qui, sitôt la nouvelle répandue, ont pris les transports dans l'affolement et sans même en aviser leurs époux respectifs, impatientes qu'elles étaient de venir étreindre leur maman encore plus démolie qu'elles. Il existe un lointain lien de famille entre Kakou et le muezzin, à une époque très éloignée il a même été question pour lui d'épouser l'une des deux sœurs, mais le destin en a décidé autrement, il a fallu que Kakou, comme tous les jeunes gens qui arrivaient alors sur le marché et qui se croyaient malins de faire un pied de nez aux jeunes filles nubiles du coin, s'est laissé gagner par la fierté obtuse de vouloir fixer son choix sur une étrangère, il avait été séduit au départ par la femme givrée qui a maintenant transformé sa couche en un grabat, parce qu'elle appartenait à une tribu qui depuis des siècles portait le nom de « lions », une appellation dont il découvrirait bien tard qu'elle n'était nullement justifiée puisque les fils de cette tribu, tout comme d'ailleurs ses filles, ne possédaient intrinsèquement aucune plus-value, s'ils n'étaient pas au contraire affligés d'une carence des qualités qui auraient pu légitimer un nom tape-à-l'œil.

Du regard il ne cesse de détailler la foule et il est presque soulagé de ne pas y croiser la silhouette du jeunot qu'il soupçonne d'avoir assassiné le muezzin. Il est le seul à savoir mais il n'a pas l'intention de faire part à qui que ce soit de sa présomption. Il a vaguement attendu d'apercevoir le coupable mais il est clair que le prof de dessin se trompe s'il s'imagine que Nasser viendrait parader aux funérailles de sa victime. C'est un dur à cuir qui se balade toute l'année en tenue de taliban et qui aurait selon toute vraisemblance pris le maquis s'il était né au moment où le pays comptait d'actifs maquis d'égorgeurs programmés pour hurler que Dieu est plus grand avant de décapiter un être humain aux mains liées derrière le dos, alors que si on grattait un peu dans le cœur de ces hurleurs, Dieu était considéré comme plus petit que les oulémas dont ils avaient à cœur d'exécuter les fatwas. Kakou l'a soupçonné d'avoir fomenté le projet de rejoindre Daech à l'apparition de l'organisation dont les vidéos d'exécutions enchantaient de par le monde les cohortes d'assoiffés de sang qui rongeaient leurs freins et qui priaient en pleurant de ce qu'elles ne pouvaient pas se faire pousser des ailes pour partir illico intégrer les troupes tout de noir vêtues qui montaient des barrages sur les routes pour interroger les automobilistes sur le nombre de génuflexions que contient chacune des cinq prières prescrites et lorsque l'automobiliste avait le malheur de ne pas fournir la bonne réponse, on le faisait descendre du véhicule pour l'égorger séance tenante en criant *Allahouakbar* pendant que le Coran recèle une bonne centaine d'appels à s'acquitter de la prière mais absolument aucun à tuer celui ou celle qui n'observe pas la prescription, et là encore ce sont les satanés oulémas qui ont surenchéri sur le texte et légiféré dans le sens de leur hargne innée et ont institué l'exigence de mettre à mort au nom d'un Dieu qui ne leur a rien demandé et dont ils aspirent à être les égaux. Si Nasser n'a pas franchi le Rubicon ce n'était pas faute d'avoir essayé. Kakou, qui ne le quittait pas des yeux à la mosquée, a appris que le jeunot se renseignait, cherchait à entrer en contact avec les recruteurs du monstre syro-irakien. Il a peut-être été arrêté dans son projet par les mésaventures de l'un de ses potes qui, pour rejoindre la terre du djihad, était monté à bord d'une embarcation de fortune empruntée par les chômeurs pour aller tenter leur chance en Europe. Débarqué en Italie, il a dû patienter de longs mois dans un centre de rétention, avant de pouvoir s'en échapper pour parcourir à pied, par des chemins forestiers, des centaines de kilomètres et atteindre enfin la Turquie où il fut arrêté et torturé avant d'être renvoyé dans son pays où on n'entendit plus jamais parler de lui, évaporés lui et son rêve de devenir un tueur habillé en noir. Pendant son long périple, jamais il n'avait hésité ni ne s'était laissé rebuter par les épreuves, il était persuadé qu'en s'obstinant il ne faisait qu'augmenter son crédit dans le ciel, il n'était en bute qu'à une seule indécision, celle de ne pas savoir quel nom il porterait une fois arrivé parmi les hordes djihadistes, avant de partir il en avait préparé trois, Abu Bakr, Umar et Othman, et il n'avait pas encore arrêté son choix sur l'un des noms de ces trois idoles qu'il chérissait au-delà de toute mesure, ces trois premiers califes qui ont été le trio le plus maléfique dans l'histoire des hommes, eux qui ont accompagné le prophète tout en n'ayant jamais cessé de comploter dans son dos, de le railler lui et son enseignement et parfois de chercher à l'assassiner et surtout de fourbir leurs armes pour qu'une fois lui disparu ils puissent accaparer les leviers de commande, imposer enfin leur point de vue d'hommes primitifs, épris de pouvoir et de richesses, remplis d'ambitions qu'ils se sont attelés à poursuivre en transformant un djihad strictement défensif en un djihad offensif, un djihad pour Dieu en un djihad pour le diable, leur règne a été long, jonché de millions de cadavres cependant que pour les siècles des siècles le mensonge et la propagande les ont entourés d'une auréole de sainteté et ont sacralisé leur souvenir aux yeux des foules qui ignorent d'où vient cette sacralisation du trio quraychite, ne savent pas qu'elle a savamment été entretenue et orchestrée parce que les califes venus ultérieurement étaient tous de la même étoffe, des barbares qui ne recelaient pas une once de soumission à Allah mais une incommensurable réserve d'insoumission à toute notion de paix et d'humilité, une sacralisation perpétuée de génération en génération jusqu'à être devenue le lait empoisonné qu'ont tété Nasser et ses camarades, que Kakou ne désespère pas d'apercevoir, convaincu que s'il lui était donné de les regarder en ce moment, il ne manquerait pas de détecter sur eux quelque signe indiquant leur responsabilité dans le meurtre, car Nasser en aurait certainement parlé à ses compères, il n'aurait pas pu garder pour lui le secret d'un tel exploit, celui d'avoir poignardé un vieil homme rétif à suivre les directives censées corriger sa déviance dans la manière d'exercer son métier. Mais ni Nasser ni les autres ne surnagent la nuit éclairée par les lampadaires que le vent n'a pas encore saccagés par ses mains ravageuses. Kakou reste attaché à sa théorie en dépit de la montée en puissance, depuis les premiers instants où les veilleurs se sont posés sur les parpaings et où ils ont compris qu'on ne leur servirait pas de boissons chaudes, d'une autre théorie qui pourtant a des côtés séduisants et paraît plus vraisemblable : les voleurs. Venus cambrioler la mosquée, ils auraient été surpris par le muezzin, qu'ils n'ont eu d'autre choix que d'éliminer. Mais cette piste est battue en brèche par le fait qu'aucun signe d'effraction n'a été constaté dans le temple et qu'il ne renfermait aucun objet de valeur qui aurait pu attiser leur convoitise. Il y a longtemps que le comité de la mosquée, prévenu contre cette éventualité, a pris l'habitude de ne jamais rien y laisser traîner, surtout pas la caisse qui contient les cotisations des fidèles, hormis des exemplaires du Coran sur des étagères murales. Quant aux tapis recouvrant la surface du sol, ils ne sont pas faciles à détacher et même si on réussissait à les décoller, les cambrioleurs auraient eu beaucoup de mal à leur trouver un acheteur. La théorie du vol paraît en fin de compte moins probante que celle, encore plus ridicule et plus inconcevable, du mari jaloux qui se serait levé de bonne heure pour aller laver son honneur en trucidant un muezzin connu pour baisser les yeux quand les filles passaient dans la rue. Une hypothèse défendue à voix basse par les voisins de Kakou, qui n'a même pas daigné la démentir, ni même en glousser lorsqu'elle est arrivée à ses oreilles tendues vers tous les bruits qui émanent de chaque côté de la rangée de parpaings. Quoiqu'il ait toujours envie de rire et de discuter avec quelqu'un, le prof de dessin doit se résoudre à plier bagages sans avoir obtenu satisfaction, et il finit en effet par se lever, essuyer son postérieur d'une improbable poussière, quand il voit arriver plusieurs véhicules de la police.

À la vue des véhicules il a pensé, à l'unisson avec la foule, qu'ils ne font que passer, mais tout le monde a été pris de court lorsque les véhicules se sont arrêtés devant le rassemblement et que les policiers ont commencé à sommer les gens de monter dans un fourgon, jusqu'à ce que celui-ci soit rempli et qu'il ne reste plus de place et qu'on soit obligé de laisser partir les autres, dont Kakou n'a pas eu la chance de faire partie. Quoique devenu bleu de peur comme tout le groupe, c'est dans l'inconfort du panier à salade qu'il peut contre toute attente donner enfin libre cours à son infatigable sens de la vanne et de la plaisanterie, car c'est à cela que sert d'avoir un caractère joyeux et plaisantin, à rire et à plaisanter dans les circonstances absurdes et dramatiques, justement, pour démentir le sentiment que le monde est absurde et impitoyable, régi par la loi de l'arbitraire et par le fait du prince, Kakou se met donc à adresser à ses vis-à-vis un sourire dégoulinant et des observations rigolotes qui contribuent quelque peu à dégeler l'atmosphère. Non sans être traversé par l'arrière-pensée que plus tard, lorsque tout cela sera passé, ils se souviendront du sang-froid dont il fait preuve dans une situation où il n'est pas évident de garder son calme, le prof de maths rétrogradé en prof de dessin sous un motif humanitaire réussit à effectivement entraîner tout le monde dans son envie de prendre le parti du rire, bientôt il a la satisfaction de voir le rire s'esquisser sur les faces inquiètes, tous fournissent un effort louable et se laissent gagner par la tentation de tourner une situation rocambolesque en une source de rire contagieux, un rire héroïque, eux d'humbles et pacifiques veilleurs qui se sont vus embarqués sans raison aucune hormis celle de l'impuissance de la police à avancer dans l'enquête, il est dans les gènes de cette police de procéder de la sorte, elle donne le change la plupart du temps et s'efforce de paraître n'être qu'une institution vouée à la défense de la veuve et de l'orphelin, du droit et de l'ordre mais qui, acculée dans ses retranchements, renoue très vite avec ses réflexes d'un corps enclin à l'arbitraire et à fouler au pied la loi en arrêtant les gens à l'aveuglette, avec l'idée que peut-être dans le lot puisse se trouver celui qu'elle cherche. Parmi les embarqués, il y a Tababa, un grand blagueur devant l'éternel, imbattable autant dans le jeu des dominos que dans la confection de vannes, et c'est à lui que Kakou lance ses taquineries dans le but de l'amener à se fendre de quelque commentaire impayable comme il a parfois le génie de sortir, lui le père de famille pépère et parfaitement inoffensif, qui se laisserait marcher sur les pieds plutôt que de râler mais qui depuis sa prime jeunesse nourrit une admiration sans borne pour les plus méchants des hommes, Staline, Mao et Pol Pot, sous prétexte que c'étaient des communistes et que les communistes pour lui sont au-dessus du jugement, que quoi qu'ils puissent commettre c'est toujours pour une bonne raison, la défense des prolétaires, même quand les purges et la répression s'abattent sur ces mêmes classes ouvrières dont ils prétendent défendre les intérêts. Kakou a longtemps essayé de faire changer d'avis à Tababa, de le bousculer dans sa nostalgie larmoyante du règne des tyrans rouges, mais il s'est rendu compte que c'était impossible, que Tababa, en dépit de son inoffensivité habituelle et de sa bonhomie personnelle, demeurerait à jamais loyal à son idolâtrie. Ce soir, il se résigne à lui débiter des vannes mettant en scène ses idoles, des vannes que Kakou a déjà servies et resservies mais qui recueillent chaque fois un franc succès : « Une fois, raconte-t-il en commençant lui-même à s'esclaffer, Staline a perdu sa pipe et il a chargé un officier de mener une enquête. Quelques jours plus tard, Staline retrouve sa pipe et il en informe l'officier : Ce n'est pas possible, s'écrie celui-ci, j'ai arrêté cent personnes et quatre-vingt-dix-neuf d'entre elles ont avoué ! - Quatre-vingt-dix-neuf seulement ? fait Staline. Dans ce cas, poursuis l'interrogatoire ». Le rire qui soulève l'assemblée est tel que les policiers montés à l'avant du panier à salade se sont retournés. Les compagnons d'infortune du prof du dessin, inquiets qu'on prenne mal leur attitude, demandent à Kakou de se taire, mais celui-ci, ravi par le succès de sa blague, redouble d'inspiration : « Hitler, immergé dans les brasiers de l'enfer jusqu'au cou, aperçoit un jour Molotov, le ministre des affaires étrangères de Staline. Le ministre est, lui, immergé jusqu'au bassin seulement. - Tu as de la chance, toi, lui lance Hitler. - Pas du tout, lui répond Molotov, je suis juste monté sur les épaules de Staline ». On en rit tellement qu'on en vient presque à regretter qu'on soit arrivés à destination. La quarantaine d'hommes, dont beaucoup de jeunes, descend du fourgon non sans se plaindre que c'était un coup d'épée dans l'eau et qu'on les a ramassés pour rien. Un froncement de sourcils des flics suffit à les extirper de l'ambiance festive où Kakou a réussi à les entraîner, tous semblent se rappeler que s'ils ne risquent pas grand-chose, ils ne sont pas pour autant à l'abri d'un dérapage, dans un commissariat on court toujours le risque d'essuyer des coups, voire de se prendre une balle perdue, comme cela s'est tant de fois produit, où des arrestations de routine ont dégénéré en séance de torture et en morts suspectes, qui provoquaient ensuite des émeutes et déchaînaient des torrents de violence et de haine. La population et les forces de l'ordre se regardaient alors en chiens de faïence, les habitants traitaient la police d'une force d'occupation avec une telle conviction que la police a fini par intégrer dans son subconscient qu'elle en était effectivement une mais est-ce une raison pour se comporter en conséquence.

On fait asseoir tout le monde sur des bancs contre le mur et commence ensuite une interminable attente, d'autant plus pénible que des fulminations ont laissé entendre aux prévenus qu'on ne tolérerait pas le moindre bruit. Une heure s'écoule, où il ne se passe rien, où le commissariat retentit des bruits routiniers d'une enceinte rugueuse et stressante, des crissements de bottes contre le carrelage, du grincement de portes qui s'ouvrent et d'autres qui se ferment, puis du clapotement de sandales dont est chaussé un flic en uniforme et aux airs patibulaires sur lequel Kakou, complètement calmé à présent, ayant épuisé l'énergie qu'il consacre habituellement à assouvir son besoin de rire et de badiner, coule un regard désespéré parce qu'il le reconnaît pour l'avoir déjà aperçu à la mosquée, oui le flic est un fidèle, ce qui explique son port de sandales, les sandales c'est plus commode à porter quand on doit se déchausser cinq fois par jour pour faire ses ablutions avant de s'acquitter de sa prière, désespéré oui, car il est immanquablement désespérant de voir des hommes exercer des métiers de brutes et être capables de faire montre d'une brutalité sans limite tout en étant de bons croyants, les hommes ne voient pas toujours de contradiction dans ce qu'ils font parce qu'ils n'ont pas l'habitude de s'interroger, ils leur suffit amplement de s'inscrire dans la religion de leurs parents en se signant s'ils sont chrétiens ou en se prosternant à heures fixes s'ils sont musulmans pour qu'ils se sentent absouts, il n'est pas rare de voir le géôlier, tortionnaire à l'occasion, transporter partout où il va son tapis de prière à l'accomplissement de laquelle il est aussi étroitement attaché qu'à l'exécution minutieuse des ordres de ses supérieurs doivent-ils être des ordres de battre à mort un suspect ou de tirer dans le tas, ils ne sont pas tarabustés par leur conscience parce qu'ils sont coulés dans des religions fabriquées par et pour les hommes et dont l'essence même vise à anesthésier les consciences si tant est que les homme en sont pourvus et qu'il faille les aider à les endormir pour qu'ils puissent vivre en paix avec eux-mêmes et qu'ils ne se formalisent jamais du fossé entre leur foi et leurs actes. Le flic en sandales traverse la moitié du commissariat pour venir se pointer devant le prof de dessin et lui intimer l'ordre de se lever et de le suivre, et là, soudain, tout s'éclaire dans la tête de Kakou, il comprend dans un éclair de lucidité que toute la mascarade ne visait depuis le début qu'à cela, l'amener lui dans le bureau de l'inspecteur et que les autres, si on les a embarqués c'était pour faire un écran de fumée. Kakou se lève donc et entreprend de marcher derrière le flic en sandales jusqu'au bureau de l'inspecteur, un homme sympathique, toujours propre sur lui, un fils de bonne famille avec lequel Kakou a déjà eu des tête-à-tête parce que ce n'est pas la première fois qu'il se fait arrêter.

« Bonsoir monsieur Kakou. Entrez donc et veuillez vous asseoir. Je dois vous avouer que je suis dans l'impasse. Mettez-vous à ma place : cela fait deux jours que le muezzin a été poignardé mais nous n'avons sous la main aucun suspect. J'ai des supérieurs qui aboient au-dessus de ma tête. J'ai même un lieutenant-colonel de l'armée, commandant du secteur, qui me téléphone matin et soir, énervé de ne voir aucune avancée dans l'affaire. Je crois qu'il craint que cette histoire ne nuise à ses ambitions, il ne veut pas démériter avant la prochaine fête nationale où il espère être augmenté en grade. Il est hospitalisé en ce moment pour une entorse au genou, mais il n'est pas homme à négliger le moindre dossier, c'est son orgueil de rester mobilisé alors même qu'il est immobilisé. Voilà, je me suis donc dit que vous, avec votre talent, votre connaissance encyclopédique de votre pays et de ses habitants, vous devez certainement pouvoir m'aider, me donner un coup de pouce afin d'identifier le salopard qui s'est levé aux aurores pour commettre un assassinat. Comme tu dois certainement le savoir, le défunt s'est comme à son habitude rendu à la mosquée avant tout le monde, une heure au moins avant le moment de l'*adhan*. Les fidèles qui l'ont trouvé gisant dans son sang sont, eux, arrivés à la mosquée cinq ou dix minutes avant l'appel. Ce sont toujours les mêmes, des vieux croûtons dont même le vent le plus tempétueux ne change pas les habitudes, ils ont été si horrifiés par leur découverte qu'ils n'ont pensé à nous appeler qu'après plusieurs instants et ils sont tous formels, ils n'ont surpris personne, ils n'ont pas entendu de pas de quelqu'un qui courait, rien, que dalle. Ils ne sont pas non plus tombés sur l'arme du crime, ce qui laisse supposer que le meurtrier l'a emportée avec lui. Je les ai tous interrogés car ma première réaction a été de voir en eux des suspects potentiels, mais ils n'ont aucun mobile, nous avons vérifié et revérifié leur emploi de temps, ils sont arrivés à la mosquée au même moment, chacun d'entre eux donc a pu servir d'alibi aux autres. Parmi les abonnés à l'office de l'aube, les plus susceptibles d'avoir commis le meurtre, sont, eux, arrivés un peu plus tard et en même temps, eux aussi, ils ont tous été vus sortant de chez eux et se diriger vers la mosquée et, en arrivant sur les lieux, ils ont été tous retournés par le spectacle du cadavre saigné comme un porc. Le traçage de leurs téléphones a confirmé leur présence chez eux au moment des faits. J'admets que, comme vous sans doute, j'ai d'abord songé à ce dénommé Nasser et à ses pareils. Ils en ont le profil, la motivation surtout, car je sais qu'ils ont toujours cherché querelle au muezzin, qui a eu maille à partir avec ces rigoristes pour lesquels personne n'est jamais conforme aux standards de leur façon d'adorer. En désespoir de cause, j'ai fait arrêter Nasser, ordonné une fouille de son domicile, interrogé sa femme et ses parents, tout ce que nous avons pu leur soutirer concorde : il était à peine réveillé quand le muezzin se trouvait déjà sur les lieux de son travail et qu'il s'est fait agresser. Nous n'avons pas trouvé le poignard chez lui, nous avons examiné sa gandoura de taliban de merde mais on n'y a décelé aucune trace de sang. Il y aurait forcément eu du sang sur ses vêtements si cela avait été lui l'auteur du coup du poignard. Un coup comme ça ne peut pas avoir été donné sans que l'assassin n'ai reçu des éclaboussures. Je n'ai pas rendu publique cette arrestation pour des raisons faciles à deviner. Comme vous le voyez, c'est bouché à tous les horizons. Je suis désemparé et sujet à une sainte colère contre tout ce bled. Cela me rappelle un sultan du moyen-âge auquel ma femme a consacré son mémoire de licence. Il y a eu un meurtre dans une localité perdue, à des centaines de kilomètres de la capitale, et pourtant, comme on n'arrivait pas à choper l'assassin, le sultan est entré dans une colère pharaonique, il réalisait bien que ce fait divers survenu dans une lointaine province comportait un élément qui attentait à sa suzeraineté, remettait en cause son autorité et relativisait son emprise sur les sujets, et il a alors ordonné qu'on arrête la plupart des hommes du village et qu'on coupe les mains à certains, les pieds à d'autres, jusqu'à ce qu'ils avouent. Mais aucun aveu n'a suivi la mutilation publique de plusieurs dizaines d'hommes. Le sultan a alors envoyé l'ordre écrit à ses agents de ne pas se contenter cette fois de mutiler mais de couper en deux le reste des hommes du village. Vous avez peut-être entendu parler de cette histoire, vous, le maître d'école ? »

Kakou est en effet au courant de cette histoire, mais il songe moins au sultan sanguinaire qu'au chroniqueur qui a immortalisé l'affligeante péripétie, il est un de ces oulémas dont la notoriété a traversé les siècles et dont les ouvrages sont encore entourés d'une béate vénération. Chroniquer les événements de son époque a été pour lui une activité récréative, une tâche secondaire par rapport à sa principale vocation qui était de dire où est le bien et où est le mal et d'assener une interprétation des écritures qui accable les faibles et exempte systématiquement les puissants, il n'a pas eu un seul mot pour désavouer l'exorbitante punition du détenteur du pouvoir du moment auquel il devait son poste de grand muphti du royaume, dans son esprit servile tout ce qu'un sultan pouvait faire était automatiquement au-dessus de la désapprobation. Kakou se lève pour rentrer chez lui, sans savoir s'il en a l'autorisation ou pas. Il sent vaguement que l'inspecteur n'a pas l'intention de le jeter au cachot, même s'il n'a obtenu de lui rien de concret, sinon une vague promesse d'ouvrir l'œil et de le tenir au courant si quelque information lui parvenait. Kakou est en proie à une étrange quiétude, à un inattendu calme. Est-ce l'heure avancée, qui dépasse largement celle à laquelle il a l'habitude de se coucher ? Non, c'est plutôt autre chose, une réminiscence terrible du traumatisme qu'il a vécu vingt ans plus tôt quand des émeutes insurrectionnelles avaient embrasé le pays et que lui en était l'un des leaders locaux. Il a été arrêté et après plusieurs jours dans le cachot, il a reçu la visite non pas des membres de la police qui avait procédé à son arrestation mais celle des membres d'un autre corps des services de sécurité, un corps qui n'a pas d'existence légale mais qui n'est pas moins le plus redoutable et le plus actif sur le terrain, des hommes aux regards et aux manières qui vous glacent le sang dès leur apparition, des hommes nés pour faire du mal et pour rien d'autre et pour lesquels nulle barrière morale n'existe et qui vivent si éloignés de la lumière qu'on doute qu'ils aient entendu dire que Dieu existe, bref des hommes dont on se demande, quand on lit le Coran, si ce ne sont pas eux dont il est question dans les passages parlant des démons et des djinns, des entités malfaisantes mais invisibles. Toujours est-il que le conciliabule dans la moiteur et l'obscurité du cachot ne s'est pas éternisé : ou Kakou s'engageait à faire ce qu'on lui demandait ou on lui mettait sur le dos la mort de deux gendarmes tués par les pavés lancés par les émeutiers. Lorsqu'il a été libéré, il a été acclamé comme le héros qu'il était, mais il ne souriait pas ni ne pavoisait. En fait, c'était un homme brisé, profondément humilié qui avait recouvré la liberté, cela a été pour lui l'expérience la plus traumatisante qu'il ait eu à subir, d'autant plus insidieuse qu'il ne pouvait s'en ouvrir à personne, absolument à personne, il lui a fallu des années pour s'en remettre, pour retrouver le goût de rigoler des choses et du monde, de redécouvrir que le rire n'était pas la meilleure façon de réagir aux tracas, aux mensonges et à l'absurdité mais la seule et l'unique manière de parvenir à survivre sur une terre où les hommes naissent pourtant pour vivre.

Il traverse tout le bourg plongé dans le noir égayé de lumières électriques, aucun commerce n'est ouvert, cependant qu'il aperçoit de temps en temps quelques âmes qui veillent dans des recoins, si ivres de bavardage et de fumette qu'elles réagissent à peine à ses « salem-oulikoum ». Arrivé chez lui, il a la satisfaction de trouver la télé éteinte, les enfants couchés, et il se dirige vers sa chambre où madame est allongée sur le dos, sans que l'on sache si elle dort ou si elle est morte, léthargique de jour comme de nuit, à mille lieues de la jeune maîtresse d'école pleine de vie à laquelle il a dit oui un jour d'il y a mille ans. Elle était en effet si pétillante qu'elle était toujours partante, tandis qu'aujourd'hui il s'accouple à elle sans même être sûr qu'elle en est consciente. Il la retourne comme si elle était un paquet de viande, la chevauche puis se retire pour ahaner à ses côtés, la tête pleine de l'image de sa collègue Nadia dont le cul d'enfer le fait baver depuis des années et auquel il sait qu'il n'aura jamais accès, non jamais, parce que la prof d'anglais a hérité de sa mère bien des traits mais pas cette joyeuse légèreté qui avait fait le bonheur des contemporains de la jeunesse de Brigitte. Avant de s'endormir, il se remémore le voyage dans le panier à salade, il se revoit débitant des vannes hilarantes auxquelles on a ri à gorges déployées comme si le véhicule n'appartenait pas à la police mais à quelque camarade emmenant tout le monde en promenade au bord de la mer. Kakou n'a qu'un regret : celui de ne leur avoir pas raconté sa blague préférée, celle qu'il sert toujours avec un soin digne d'un humoriste professionnel et provoque l'hilarité de son auditoire. Ce n'est pas une blague à proprement parler mais une anecdote désopilante : à force d'être tout le temps en train d'administrer à sa femme ses médicaments, il s'est emmêlé les pinceaux une fois, a bu le verre qui ne lui était pas destiné et a fini à l'hôpital, la bouche écumante, et balbutiant des phrases inintelligibles mais qui faisaient quand même rire aux éclats les infirmières.

3

Le lieutenant-colonel Madjid Aryoul est un homme pétri de haine, une haine plus profonde que les abysses de l'enfer où il échouera probablement un jour car une haine si radicale ne peut pas ne pas recevoir le salaire qu'elle mérite, une haine qui se nourrit d'elle-même et qui ne s'apaise que lorsque débute le journal télévisé de vingt-heures sur la chaîne officielle, là seulement le lieutenant-colonel savoure la joie de constater le triomphe total de sa vision des choses. Bien qu'il s'emmerde dans sa chambre d'hôpital où il guérit de son genou luxé, il n'allume le poste-télé accroché au mur en face de son lit que le soir, pile au moment où le journal démarre, là il se redresse, le museau levé, tandis que d'un doigt il se cure les dents, pourchassant dans les interstices de ses canines les miettes du repas qu'il a terminé de prendre juste avant le jingle.

La haine qui ronge le lieutenant-colonel Madjid Aryoul a commencé de germer dans son cœur quand il a eu quinze-ans, âge où il a été admis dans l'internat d'un collège éloigné d'une centaine de kilomètres de son lieu de naissance et où il a découvert, à son immense désarroi, que ses camarades ne parlaient pas tous la même langue maternelle, que beaucoup d'entre eux utilisaient un patois qu'il croyait disparu, un patois que ses propres ancêtres avaient utilisé mais qui s'était perdu dans son douar. Ce dialecte survivant le confrontait à la signification de son patronyme, « Aryoul » : quand les maîtres faisaient l'appel, il s'étonnait que la prononciation de son nom déchaîne des pouffements, il est resté longtemps stupéfait, ne comprenant pas la raison de l'hilarité de ses camarades chaque fois qu'il venait à se décliner, jusqu'au jour où l'un d'eux lui a fait l'aumône d'une explication, laquelle a déclenché en lui une réaction outrée et a été l'élément déclencheur de cette haine qui allait le consumer pour le restant de ses jours et le façonner depuis les orteils jusqu'au sommet du crâne. Tandis que son prénom, Madjid – le glorieux –, le satisfaisait pleinement, il était forcé de constater que son patronyme, dont la sonorité pourtant plaisait à ses oreilles, allait être pour lui un boulet et une source d'embarras tout au long des années, en tout cas chaque fois que son chemin devait croiser celui de compatriotes parlant encore la langue païenne de cette terre maudite. Il se prenait la tête pour savoir pourquoi ses aïeux se sont-ils choisis un nom si infâmant et il ne leur a pas pardonné, même quand il a découvert que les patronymes n'avaient pas cours dans le pays avant sa conquête par les Français et que ceux-ci, une fois avoir maté les autochtones, ont entrepris leur recensement, une opération que les indigènes percevaient comme une démarche suspecte à laquelle ils ne se sont prêtés que contraints et forcés, et les noms qu'ils se donnaient alors ils ne pensaient pas qu'ils les garderaient pour l'éternité, voilà pourquoi ils s'attribuaient des noms d'arbres, d'ustensiles de cuisine ou même d'animaux domestiques, ils ne croyaient pas que les roumis allaient s'éterniser dans le pays, mais ils se trompaient, ils avaient une vue courte, car les conquérants allaient rester très longtemps, imposant leurs usages, leur langue, leur administration, ouvrant des routes et bâtissant de rares écoles où les petits indigènes étaient accueillis avec une forte circonspection car les roumis redoutaient que ces enfants, en poussant trop loin leurs études, ne se mettent à réfléchir et peut-être à se farcir la tête avec des revendications qui ne pouvaient qu'être fatales à l'ordre établi au profit des conquérants, lesquels voyaient venir le soulèvement sans trop le prendre au sérieux et lorsqu'il a éclaté, ils ont tenté de le contrer par le pire et le moins productif des moyens, la violence, la violence s'est invitée avec force dans le débat entre les hommes appelés à coexister sur cette terre dans le respect d'un minimum de justice et de liberté pour tous, la guerre est venue donc qui rendrait le pays aux autochtones et c'est cette guerre-là qui a façonné le lieutenant-colonel Madjid Aryoul, a constitué le ferment de son identité et la matrice de sa haine inapaisable.

Il était à peine né lorsque le canon faisait régner son indomptable logique et générait des massacres qui comme tous les massacres allaient s'avérer sans fin et inutiles. Les canonnades étaient si puissantes qu'elles étaient entendues y compris par les nourrissons, lesquels en conserveraient le souvenir en même temps que celui des sacrifices consentis par leurs familles. Le grand-père du lieutenant-colonel a été du nombre des martyrs et son père a manqué de peu l'honneur d'en être un lui aussi, la guerre de libération était donc chez le futur officier qui se luxerait le genou pendant une putain de parade, une affaire de famille, un leg arrosé par le sang sur lequel il se sentait le devoir sacré de veiller avec la jalousie la plus aigüe, et c'est tout naturellement que son bac obtenu il a signé pour une carrière dans les rangs d'une armée qui se voulait la continuatrice de l'esprit de l'armée qui avait libéré le pays et aux membres de laquelle il serait pourtant donné de voir, des décennies après la victoire, les habitants se plaindre que leur pays soit mal géré, geindre des manquements de leurs dirigeants et même exprimer, suprême injure à la mémoire des martyrs, le regret que les roumis soient partis. Là, c'en était trop de trop, c'était plus que les Madjid Aryoul ne pouvaient supporter et ils ont vite compris que ce peuple est un grouillement d'ingrats et de traitres dont l'armée, encore elle, doit veiller à endiguer l'irrépressible penchant au reniement, une engeance qui ne mérite que la haine et le mépris, un ramassis de ploucs sur lesquels on n'a jamais assez levé la main et qu'il fallait garder constamment sous la botte pour l'empêcher de redresser la tête devant ceux auxquels il doit sa libération.

Madjid Aryoul, béat devant le journal-télévisé, déguste le florilège d'images du président élu par l'armée. Il aurait été un sacrilège d'ouvrir le journal sans parler du raïs. On commence par donner un bulletin de son excellente santé, avant de s'étaler sur ses activités interminables de père de la nation dont l'action inspirée apporte chaque jour bonheur et prospérité non seulement au pays mais aussi au reste du monde puisque le journal-télévisé se fait un point d'honneur de relater ses échanges téléphoniques avec ses homologues étrangers, tous évidemment avides de ses conseils avisés et de son assistance bienveillante. Devant cette orgie de communiqués et de comptes-rendus à sens unique le lieutenant-colonel, qui ne raterait pour rien au monde une seule édition du journal-télévisé, regrette que les cohues continuent pendant sa diffusion à peupler les rues, inaccessibles à la propagande, il ne serait que justice qu'à coups de matraques on les oblige à rentrer chez elles pour qu'elles se postent devant leurs postes-télés et subissent contre leur gré la démonstration de la suprématie implacable des dépositaires du patriotisme. Mais, hélas, même si on les contraignait à rentrer chez elles, les foules sont connectées et disposent d'autres chaînes de télé, elles ont le choix, et cette liberté de choix est scandaleuse puisqu'elle permet à tout un chacun d'échapper au journal-télévisé. Pour le pensionnaire de l'hôpital, qui se plaint de ce que son genou ne guérit pas assez vite, un monde idéal est celui où il n'y a qu'une seule chaîne de télévision et où les habitants sont au garde-à-vous pendant le journal-télévisé, mais il ne peut s'en prendre qu'à la technologie qui a imposé la pluralité. Comment empêcher les gens de se connecter et de s'équiper d'antennes paraboliques ? Non, il n'y a pas moyen. Le lieutenant-colonel est condamné à rester allongé ou, s'il se lève en s'appuyant sur une béquille, à mater les cohues d'insectes par les fenêtres de l'hôpital qui ressemblent à des hublots d'avion. Il regarde sa montre car il a des appels à passer et pas seulement à sa famille, mais il choisit d'attendre la fin du journal qui, après avoir abondamment informé sur les activités journalières du président, rediffuse maintenant un reportage sur sa jeunesse, son parcours irréprochable, ses loisirs, avant d'aborder les sorties sur le terrain des chefs de régions militaires, activités qui occupent une partie non moins négligeable du journal, d'abondantes et succulentes images montrent les supérieurs hiérarchiques du lieutenant-colonel Madjid Aryoul en train de superviser des exercices militaires, il se trémousse d'aise au spectacle d'un général-major installé sur un fauteuil hochant la tête et feignant d'écouter les explications de ses subalternes penchés sur des champs de bataille en maquettes et placés à plusieurs mètres de lui, de sorte qu'on doute qu'il les entende mais cela n'est pas important, ce qui l'est c'est ce fauteuil gigantesque dans lequel le général-major est vautré, on sent qu'il se délecte de ce moment où il trône dans toute la majesté du pouvoir, de ses luxes, avec en prime des caméras qui filment pour tout diffuser à un moment de grande écoute. Le lieutenant-colonel s'entend rêver que lui aussi aura droit un jour à ces privilèges seigneuriaux, à moins d'un accroc il s'attend à être promu prochainement, il deviendra colonel, puis général et ensuite général-major et puis, pourquoi pas, chef de corps d'armée, grade ultime qui l'intégrerait dans le club très fermé des décideurs auxquels incombe le choix du président si le président en exercice décédait ou devait servir de bouc-émissaire quand les choses vont mal, faire partie du ce pré-carré voilà l'apothéose d'un homme qui a l'amour de la patrie dans le sang et qui n'a jamais perdu de vue qu'il a la mission de la protéger d'abord et avant tout de ses propres ressortissants car une patrie n'a pas d'autres ennemis que ses propres enfants, ils sont les plus féroces et les plus récalcitrants qu'elle puisse avoir, d'où l'importance vitale d'hommes comme le lieutenant-colonel Madjid Aryoul qui, une fois qu'ils ont compris ce secret des secrets, se doivent de ne jamais baisser la garde. Il met la télé en sourdine lorsque c'est au tour des ministres du gouvernement de dérouler la somme de leurs exploits et de leurs bonnes actions de la journée, il se saisit de son smartphone pour prendre des nouvelles d'un bourg insignifiant mais rattaché au secteur militaire dont il a la charge et où s'est récemment produit un meurtre intrigant derrière lequel il redoute l'impondérable qui saborderait sa montée en grade. Le sang a coulé dans l'enceinte d'une mosquée et il s'agit donc potentiellement d'une action subversive, peut-être d'un attentat, il compose le numéro de l'inspecteur en charge de l'affaire, lequel décroche aussitôt comme s'il tenait son téléphone dans sa main, qu'il attendait cet appel et qu'il ne voulait surtout pas faire attendre son auguste correspondant. « Bonsoir mon lieutenant-colonel, votre genou va mieux ? tant mieux, les genoux sont la partie fragile de nos articulations, on n'en prend jamais assez soin, mais je sais que vous n'appelez pas pour ça, sachez que j'ai effectué aujourd'hui une avancée notable dans le dossier qui nous intéresse, figurez-vous que ce n'est pas la première fois qu'on assassine un muezzin, il y a eu des antécédents et dans des patelins pas très éloignés de celui-ci, c'est le troisième muezzin à se faire poignarder sur les lieux même de son travail en l'espace de quelques années, je suis tombé sur cette piste par le plus grand hasard alors que je surfais sur internet, j'ai déniché des coupures de presse relatant deux meurtres similaires au meurtre qui nous préoccupe, j'hésite encore à me l'avouer mais il s'agit peut-être d'un terroriste qui a échappé aux mailles des filets et qui hiberne quelque part et qui frappe quand le moment lui paraît opportun, un terroriste, pas un tueur en série non, un terroriste, un survivant de la grande guerre que notre pays a dû livrer au terrorisme et dont il est sorti victorieux grâce au dévouement d'hommes comme vous mon lieutenant-colonel, j'espère que j'aurai bientôt le bonheur et l'orgueil de vous appeler mon colonel…»

Le lieutenant-colonel repose son téléphone sur le côté et il est si furieux qu'il retarde l'instant de prendre des nouvelles des siens, dont certains sont passés le voir dans la journée, mais il doit s'enquérir des autres. Tous sont chargés de problématiques qui épuisent le compatissant père de famille qu'il est. De compassion, il n'en a pas en revanche une once, non, pas la moindre gouttelette pour ce mal ravageur qui se nomme « terrorisme » contre lequel il a lutté férocement avec, à la clef, les étoiles qu'il arbore et son maintien dans les rangs de l'armée alors qu'il a déjà l'âge d'être mis à la retraite, cette mise au rencart qu'il abhorre encore davantage que la mort, rien n'insupporte ni n'humilie autant un officier digne de ce nom que de lui signifier qu'il n'a plus l'âge de servir et qu'il a gagné l'honneur d'aller croupir dans l'inaction et le désœuvrement, et de profiter d'une pension surdimensionnée et calculée sur aucun baromètre rationnel mais seulement sur l'aigreur et la frustration qui broient le militaire invité à faire prévaloir ses droits à la retraite. Pendant que toutes les corporations piaffent d'impatience d'accéder à ce havre de repos, les porteurs de vareuses et de képis bavent de désir de rester en service et détestent toute insinuation sur leur âge lorsqu'ils deviennent vieux et usés, que cela se voit, et qu'ils doivent entendre raison, ils exècrent les arrière-pensées qui mettent en doute leur désintéressement quand ils s'accrochent et plaident pour leur maintien, surtout la promotion du lieutenant-colonel Madjid Aryoul qui a joué le premier rôle dans l'écrasement de toute une insurrection, dans le démantèlement de toute une infrastructure terroriste mise sur pied dans les montagnes avec l'intention affichée de marcher un jour sur la capitale afin de la prendre comme si elle était aux mains d'une puissance étrangère. Les terroristes ont eu le culot de vouloir rééditer l'exploit des aïeux qui ont battu les roumis, ils ont pensé qu'il suffit de monter des maquis et de tendre des embuscades aux troupes régulières, de se donner des noms de guerre et de réaliser de temps en temps un exploit pour que l'histoire se renouvelle et accouche d'un nouveau terrassement et d'une nouvelle victoire arrachée au prix du sang et de larmes. Terrés dans les bois, les mecs rêvaient les yeux ouverts, ils ont rêvé de revêtir un jour les ornements de combattants victorieux mais ils n'ont eu que le temps de se rendre compte de leur immense erreur, que c'était eux l'ennemi à terrasser, le fléau à éradiquer, et que l'armée régulière était chez elle, dans son plein droit et qu'elle détenait toutes les clefs et qu'elle était animée d'une volonté d'acier à ne jamais s'en laisser déposséder. Qui a gagné à la fin ? Qui a eu le dernier mot sinon elle, l'armée régulière ? Ce fer de lance si aiguisé qu'elle peut sans rougir clamer qu'elle est l'incarnation du peuple, que c'est elle le peuple et que celui qui n'est pas content il n'a qu'à venir se frotter à sa puissance de feu et à la solidité infrangible de ses hommes comme Madjid Aryoul qui est entré dans la guerre civile avec le grade de lieutenant et qui en est ressorti avec celui de commandant et qui a depuis poursuivi son bonhomme de chemin, il a tué achevé des blessés torturé à mort et si c'était à recommencer il n'hésiterait pas tant a été grande la joie qu'il a prise à sa besogne. Que de souvenirs ont rejailli dans sa mémoire après son échange avec l'inspecteur qui avait parlé d'un probable terroriste ! Dieu seul sait ce que le mot terroriste éveille de rafraichissant et en même temps de rageur dans la poitrine du lieutenant-colonel, qui a tellement donné dans la lutte antiterroriste qu'il conserve dans les tréfonds de son cœur presque un regret sinon une sourde rancœur contre l'état-major qui lui doit bien plus que le grade qu'il occupe présentement, il y a longtemps qu'il aurait dû être promu mais ce sera bientôt chose faite, aucun doute là-dessus et ce n'est certainement pas l'auteur de l'attentat contre le muezzin qui constituerait le grain de sable qui enrayerait la machine. Ah, s'il tombait entre les mains du lieutenant-colonel Madjid Aryoul ! Il l'écrabouillerait comme une de ces mouches dont l'officier s'est forgé la réputation d'être la terreur car dès qu'une mouche se pose sur lui elle ne vit jamais assez longtemps pour recommencer, il sait que les hommes sous ses ordres rient un peu sous cape de sa réputation d'exterminateur de mouches mais leurs railleries ne l'affectent pas tant que ce n'est pas de son patronyme qu'ils se gaussent, tant que ses subalternes n'ont pas pour langue maternelle le patois honni de lui, oui il le tuerait de ses propres mains car à partir du moment où l'inspecteur a évoqué la piste d'un terroriste il ne fait plus de doute dans l'esprit du lieutenant-colonel que le meurtre du muezzin soit l'œuvre d'un terroriste, dès qu'il entend parler de terrorisme il perd le contrôle de lui-même, si on lui disait que derrière un tremblement de terre il y avait la main des terroristes il ajouterait foi à l'assertion, son premier élan serait d'en accabler cette infecte tourbe qui a songé un jour à lever une armée pour concurrencer l'armée régulière dans le monopole de la violence physique, voulu rivaliser avec elle dans le maniement de la force, quelle insolence ! Quelle prétention ! Il se rappelle son premier terroriste capturé vivant, il l'a été en vérité par les hommes de la section dont il était le lieutenant, les soldats le traînaient par terre en le tirant par les cheveux et en lui donnant des coups de pieds mais ils ne savaient pas vraiment ce qu'il fallait en faire, ils étaient un peu désorientés par ce premier contact rapproché avec l'ennemi, le fameux ennemi qui faisait la une des journaux et à cause duquel l'armée a été contrainte de faire œuvre de police. Une fois arrivés près de leur jeep, les soldats ont arrêté de le rosser et se sont mis en rond pour le regarder geindre, ils étaient médusés et hagards, ne sachant pas s'ils devaient l'emmener ou le laisser sur place en attendant qu'un autre corps des services de sécurité vienne le récupérer, ils se questionnaient encore quand le lieutenant Madjid Aryoul a émergé des fourrés son pistolet dans la main et est venu directement s'emparer du prisonnier et lui mettre une balle dans la tête, comme ça, sans la moindre hésitation, les soldats se sont reculés tant ils étaient surpris par sa détermination et ils se sont regardés en silence, on était en plein mois du ramadan, les soldats tout comme leur chef observaient le jeûne ainsi que d'ailleurs le terroriste, tous appartenaient à la même religion et vénéraient le même Dieu. Le cadavre a été ensuite embarqué parce qu'en entretemps les ordres étaient arrivés. Le terroriste avait l'âge qu'a aujourd'hui le fils aîné du lieutenant-colonel Madjid Aryoul qui, las d'attendre l'appel du paternel, prend l'initiative de le relancer lui-même, il appelle parce qu'il n'a pas eu le temps d'accompagner sa mère pendant sa visite quotidienne à l'hôpital mais, en filigrane, il tient à se rappeler au bon souvenir du malade, le fils aîné qui a ouvert une agence immobilière convoite un terrain de foot communal sur lequel il ne pourrait jamais mettre la main sans le concours de son puissant papa, et il n'est pas le seul à nourrir des ambitions d'extension et de fortune en comptant avant tout sur un coup de pouce de sa part. Le lieutenant-colonel est aussi père d'une fille qui est sur le point de lancer une start-up avec son deuxième mari, ils ont besoin de fonds, le second fils lui a un ami emprisonné pour une affaire de trafic de stupéfiants et il souhaiterait que son père fasse quelque chose, et la maman n'est pas en reste elle qui n'a jamais assez des sommes que son époux lui verse au début de chaque mois et qui revendique constamment d'être augmentée comme un employé sûr de son rendement. Si, pour le moment, le chef de famille refuse d'accéder à ces requêtes, c'est parce qu'il tient à ne pas commettre d'incartade qui compromettrait ses chances de grimper en grade, certes il dispose d'un carnet d'adresses conséquent, il possède des numéros de téléphone qui ont déjà fait la preuve de leur utilité mais il choisit de rester prudent, car les institutions d'un pays dont l'armée a pour idiologie de veiller jalousement à demeurer la colonne vertébrale, sont aussi opaques qu'imprévisibles. On peut les manier ou les déjouer par un coup de téléphone, mais les messieurs derrière les bureaux, affichant sourires et prodiguant formules de politesse, n'en conservent pas moins trace de tout. Parfois on accède à votre faveur avec l'intention d'utiliser le service rendu pour vous nuire et plomber votre carrière, il en est des pays qui obéissent davantage à des lois non-écrites qu'à des lois tout court, le traquenard vous attend derrière la porte qu'on vous a ouverte avec empressement, la complexité du monde échappe allègrement aux enfants mais pas à leur père qui s'avoue sans peine que son séjour à l'hôpital le met à l'abri des pressions que les siens cherchent à exercer sur lui, au douillet salon de la villa qu'il occupe dans le chef-lieu départemental il préfèrerait la tranquillité d'une chambre qui empeste la détestable odeur que recèlent les établissements hospitaliers. Il sonne l'infirmière de service pour la sommer de lui apporter un coupe-faim, qu'il garde toujours sur sa table de chevet pour les intempestifs creux d'estomac de la nuit profonde, il espère seulement que l'infirmière ne sera pas celle dont il a deviné à son accent qu'elle est née dans ces régions du pays où le patronyme du lieutenant-colonel prête à la dérision. Ah, ce nom maudit le poursuivra donc jusqu'à la fin ! Dieu sait pourtant qu'il a songé à en changer au cours des années, surtout après la naissance de ses enfants auxquels il ne voulait pas léguer un nom ridicule dont ils rougiraient chaque fois qu'ils se trouveraient en présence des sauvages qui ont conservé le parler de leurs ancêtres. Non, le lieutenant-colonel ne souhaitait pas que ses enfants subissent les hontes avec lesquelles il a eu à composer pendant sa longue carrière au sein d'une institution qui a toujours eu à cœur de brasser toutes les composantes du peuple pour bien prouver qu'elle incarne effectivement le peuple et qu'elle n'exagère pas lorsqu'elle proclame être le peuple et que le peuple c'est elle, une affirmation qui trouve toute sa force dans le journal-télévisé qui n'est pas encore terminé parce que la somme quotidienne des bonnes actions des ministres est longue comme un bras mais auxquelles le lieutenant-colonel lui-même ne prête qu'une attention distraite tant il ne peut pas prendre au sérieux de minables civiles qui doivent leurs postes à leurs liens avec les chefs de régions militaires dont chacun à son mot à dire dans la composition du gouvernement. Il remet néanmoins le son parce que sa partie préférée du journal est arrivée, celle où des reportages sont consacrés à relayer le point de vue de l'homme de la rue, cette partie du journal est proprement un délice pour les yeux et les oreilles du lieutenant-colonel qui quittera l'hôpital sous peu et qui reçoit des visites à tout-va et pas seulement celle de sa famille mais de ses confrères de l'armée, de ses compagnons d'armes et de divers obligés qui viennent faire acte de présence en guise de remerciement pour tous les coups de main qu'il a leur a donnés et qui réalisent très bien que passer le voir à l'hôpital est aussi obligatoire que de se rendre aux fêtes de circoncision ou de mariage de ses enfants ou encore aux obsèques de ses parents, visites qui meublent tout l'après-midi du patient et le remplissent de joie exactement comme ces images d'hommes de la rue auxquels les journalistes tendent le micro pour qu'ils témoignent face caméra de leur immense admiration pour le président, leur loyauté envers les chefs de l'armée et leur bonheur de recevoir les clefs d'un nouvel appart, ce pour quoi les bénéficiaires, des mal-logés de longue date, laissent paraître leur jubilation qui est telle qu'ils se prosternent littéralement devant le portrait du président que les journalistes n'oublient jamais d'apporter avec eux étant donné que le président ne peut pas être présent partout et que, de temps en temps, pour recueillir tous les hommages qu'il mérite, on daigne le remplacer par son portrait de quatre mètres sur quatre. Les gueux dans leur joie d'être gratifiés d'un logement ou d'un poste de concierge dans une manufacture étatique ne se contentent pas de se prosterner mais aussi d'embrasser le portrait du grand homme avec une dévotion qui rappelle les processions autour des tombeaux de saints et même les cérémonies pour honorer Dieu lui-même. Ces images transplantent le lieutenant-colonel allongé sur son lit, il les déguste comme les Anglais leur thé ou les camés leur dose, elles satisfont en lui une fureur ancienne, il n'y voit aucune volonté d'humilier mais juste de rappeler au tout-venant ce qu'il doit aux maîtres de son pays, les gouvernés recouvrent l'exacte posture qui est la leur, celle de prosternés. L'officier, qui songe déjà dans une partie de sa tête aux connaissances qui se sont inscrites à l'avance dans la liste des visiteurs du lendemain, est conscient de la prouesse jamais réalisée par aucune des armées qui ont conquis le pays à travers des millénaires de défilement de conquérants, les uns aussi impitoyables que les autres, mais aucun n'a jamais réussi ni même songé à faire prosterner un autochtone devant des idoles en signe de soumission, cela le rassure, comble en lui une insondable inquiétude et répond à une attente aussi vieille que sa personne, petit-fils d'un martyr et fils d'un ancien combattant et qui, quoiqu'affublés d'un patronyme risible, n'avaient pas moins porté leur appartenance et leur allégeance au bout de leurs fusils mais auxquels il a été donné, du moins au père du lieutenant-colonel puisque le grand-père n'a pas vécu assez longtemps pour y assister, de voir de leurs propres yeux l'embrasement de toutes les villes du pays et leur chute entre les mains d'émeutiers résolus à en découdre et bardés d'insolence. L'embrasement n'a pas eu lieu une seule fois mais plusieurs fois et même si chaque fois l'armée a, sans regarder à la dépense, réussi à reprendre le contrôle de la situation, le souvenir de cette propension de la piétaille à se rebuffer s'est transformé en eux sinon en rancœur, du moins en une peur constante d'un retour des atavismes d'une populace qu'on n'a jamais assez domptée et dont il faut se méfier comme de l'eau qui dort. Il est miraculeux qu'un pays lesté d'un tel ramassis d'énergumènes et de bras cassés rétifs à l'effort, à la propreté, et à toute notion de civilisation, comme de ne pas faire sécher leur linge aux fenêtres surplombant les grandes artères arpentées par des piétons dont certains sont des étrangers, de fourmilières faméliques incapables de faire la queue devant une boulangerie sans que cela ne dégénère en bagarre générale et qui ne respectent pas les rudiments du code de la route et qui se ruineraient pour acheter des tacots juste pour encombrer les routes et embêter les conducteurs de cylindrées. C'est un miracle, oui, qu'un pays habité par la racaille qui est un musée à ciel ouvert de la médiocrité la plus répugnante, continue quand même à plus ou moins fonctionner, à donner le change, à faire semblant de ressembler aux autres pays. Et dire qu'il se trouve des intellos merdiques qui dénoncent les limites d'une démocratie de façade et revendiquent le droit pour leurs concitoyens d'élire librement leurs dirigeants, comme si cela était possible, mais qu'est-ce qu'on n'irait pas inventer pour emmerder le monde ! La démocratie pour ces légions de bougnouls, pour ne pas utiliser le vocabulaire d'anciens maîtres, ces essaims de va-nu-pieds qui ne sont même pas foutus de parler une seule langue ni même de posséder une langue qui soit comprise d'un bout à l'autre du pays ! Qu'est-ce que l'armée ferait dans le cas où ce genre de revendications insensées étaient satisfaites, à quoi servirait-elle seulement !

Le lieutenant-colonel en passe de devenir colonel sent sa rage le reprendre et sa haine se réveiller, il serre dans sa main droite la crosse du cinq coups qui ne le quitte jamais, surtout pas pendant son séjour dans une enceinte aux mains de civils qui ont beau être à plat-ventre devant lui ne sont pas moins des civils, c'est-à-dire une race inférieure au milieu de laquelle un officier qui a dédié sa vie au service de sa patrie a intérêt à rester sur ses gardes, ce qu'il ne manque pas de faire de sorte qu'il flaire longuement chaque aliment qu'on lui apporte et détaille des yeux les toubibs qui le soignent car il n'écarte jamais la possibilité qu'ils l'empoisonnent tellement sont grands leurs griefs envers leurs maîtres d'aujourd'hui. Lorsque l'infirmière fait irruption dans la chambre en tenant dans une main le sandwich au poulet, le lieutenant-colonel a la désagréable surprise de voir que c'est celle dont il ne voulait pas justement, elle lui parle dans sa langue à lui et avec l'affection qu'elle témoignerait à son propre père, mais lui la regarde quand même de travers et même si elle a des atouts jamais elle ne le ferait bander. D'ailleurs les femmes en général lui inspirent très rarement des érections, les éphèbes en revanche si. Ah, que de culs de garçons il s'est tapés au cours de sa longue carrière ! Oui, il l'admet et il n'en a pas honte, ses plus grandes joies sexuelles il les a eues en faisant frétiller de beaux et jeunes conscrits entre ses mains viriles, d'autant plus viriles que c'était souvent sans le consentement des conscrits, des bouseux qui avaient répondu aux convocations sous les drapeaux comme ils allaient à l'échafaud cependant que, s'ils s'attendaient à moins bien dormir, à mal manger et à être traités avec rudesse, jamais ils ne s'attendaient à ce qu'on les encule contre leur gré, des viols qui donnaient précisément plus de plaisir à leur auteur lorsque les victimes étaient originaires de patelins où l'on sait de naissance ce que signifie « Aryoul » et qui devaient se sentir d'autant plus humiliés qu'ils se faisaient enculer par un « âne ». Dès que le lieutenant-colonel à l'époque où il transhumait d'un grade à l'autre reconnaissait à son accent la provenance de l'appelé, il formait aussitôt le projet de le sodomiser et de parvenir de la sorte à fermer le clapet au conscrit qui aurait moins envie de glousser à l'énoncé du nom de son violeur. À force, le militaire n'avait plus goût pour le commerce avec les femmes, il resterait de marbre devant une danseuse de ventre qui viendrait frotter sa croupe contre son nez, tout juste s'il réussissait certaines nuits dans son lit conjugal à donner le change, il se faisait alors violence pour que puissent naître les enfants qu'il se devait d'engendrer, d'ailleurs ce n'est pas un hasard si madame a développé une énervante tendance à recycler ses frustrations en une boulimie de shopping qui exige toujours plus d'argent. Non, l'infirmière, en dépit d'un cul plus qu'appétissant, ne court aucun risque en se hasardant ainsi seule dans la chambre d'un patient armé, à une heure assez avancée de la nuit, mais pas si avancée que ça puisque le journal-télévisé n'en est pas encore au jingle de la fin et dont le présentateur est la célébrité la plus estimée de la part du lieutenant-colonel, qui rêve de le croiser un jour pour le congratuler et lui marquer sa reconnaissance infinie pour le travail remarquable qu'il abat chaque jour et pour le bonheur qu'il apporte quotidiennement à tous les fans du journal-télévisé, dont la dernière partie est consacrée à la sortie d'un livre, d'un film et d'un album. L'auteur du livre dit d'emblée son immense fierté de se trouver sur le plateau afin de rendre compte lui-même des mérites de son livre qui relate les privations et les souffrances du peuple à l'époque de la colonisation et il a le génie d'avoir réussi, en dépit du fait que pendant ces cinquante dernières années on n'a rien fait d'autre que remâcher les horreurs subies de la main du colonisateur, à exhumer d'autres sévices oubliés du grand public et inconnus des historiens, et à les consigner dans son ouvrage qui donne l'eau à la bouche du lieutenant-colonel, qui l'aurait acheté si seulement il avait été homme à fréquenter les librairies. Mais il trouve quand même son bonheur rien qu'en écoutant ce génie des lettres vanter les mérites de son travail d'investigation et d'exhumation des violences coloniales. Quand il cède son siège et son micro au second invité de la partie culturelle du journal-télévisé, le lieutenant-colonial n'en est que ravi puisque le film que vient défendre son réalisateur est un biopic d'un grand héros de la guerre d'indépendance et qui est mort fusillé, un martyr donc qui a laissé son nom à maintes rues de la capitale, à des écoles et à des orphelinats, mais auquel il manquait tout de même un témoignage cinématographique pour instruire les nouvelles générations. Lorsqu'enfin arrive le tour du chanteur qui célèbre la sortie de son dernier opus, le lieutenant-colonel éteint la télévision, ne voulant pas gâcher sa joie en suivant les niaiseries sentimentales d'un baryton dont ni la musique ni les thèmes de ses chansons ne présentent le moindre intérêt à ses yeux de téléspectateur exigeant mais qui a quand même la magnanimité de concéder qu'il faut de tout pour faire un monde et que même ceux qui poussent la chansonnette ont droit de cité dans les médias d'un pays somme toute semblable à tous les pays. Il regarde sa montre et s'apprête à éteindre la lumière pour dormir en arrêtant sa pensée sur les visiteurs annoncés pour le lendemain parmi lesquels figure un ancien camarade de l'académie militaire et qui est lui déjà à la retraite et avec lequel il a des souvenirs en commun, des souvenirs de lubricité et de sodomisation, un vice que le lieutenant-colonel le soupçonne de continuer à entretenir en dépit de son éloignement des contingents où il n'a jamais eu du mal à lever des *partenaires*, ce qui ne doit plus être le cas maintenant qu'il vit en famille, sans ne rien faire de ses journées que hanter les marchés aux fruits et légumes et les supérettes approvisionnées de produits importés. Le lieutenant-colonel, qui n'a pas vu son ami depuis quelques années, est impatient d'arriver au lendemain, il commencerait par lui demander comment il fait pour satisfaire à sa boulimie de culs de garçons pubères et il ne doute pas que l'autre n'hésitera pas à tout lui confier et qu'il sera même très heureux d'avoir enfin quelqu'un avec qui parler sans restriction de leur hobby partagé. Pourtant, pour hâter l'arrivée du sommeil, ce n'est pas vers cet ami cocasse que le lieutenant-colonel oriente sa pensée mais vers le contenu et les invités du journal-télévisé, qui s'est achevé trop rapidement selon lui, et il se console en songeant qu'il y aura une nouvelle édition le lendemain à vingt-heures précises, immanquablement, les fans du journal-télévisé, contrairement aux fans des autres programmes, ne connaissent jamais la rupture qui les jette dans la tristesse et le regret. À cette certitude, il parvient à se détendre tout à fait et à s'enfoncer dans les limbes bienfaisants d'un sommeil bien mérité, lui qui n'a pas cessé la journée durant de cogiter et de se méfier des allées et venues des uns et des autres et de s'inquiéter qu'une mauvaise surprise survienne pour retarder son acquisition d'une nouvelle étoile. Mais, comme à son habitude, il ne s'endort jamais jusqu'au lendemain matin, il vient toujours un moment de la nuit où il doit se lever pour aller vider sa vessie et surtout faire son affaire au sandwich poulet que l'infirmière a omis d'empoisonner alors qu'elle a probablement des raisons de le faire. Qui sait si elle n'a pas reçu les confidences de quelque neveu qui se serait fait agresser sexuellement pendant les années de son service ? Son sandwich avalé, le lieutenant-colonel Madjid Aryoul s'attarde un moment avant de se rendormir sur le souvenir de la visite qu'il attend de recevoir dans la journée, celle de son cher ami auquel il doit ajouter désormais le titre de « hadj », car l'amateur invétéré des culs de jeunes et frémissants conscrits a effectué le pèlerinage à la Mecque, il a hâte de lui demander s'il a mis son vice entre parenthèses, mais le lieutenant-colonel en doute, il connaît des dizaines de personnes qui ont pèleriné plus d'une fois mais qui n'ont pas pour autant renoncé à vivre leurs passions, toutes leurs passions, des plus saines aux plus inavouables, en fait il n'a jamais vu quelqu'un, après sa conversion, devenir une meilleure personne.

4

À la fin des temps, les hommes ressusciteront pour qu'ils rendent compte de ce qu'ils auront fait : voilà le message que le Coran martèle de page en page, presque de verset en verset. C'est même davantage qu'un message, mais une info que le lecteur est totalement libre de prendre au sérieux ou pas. Cette annonce d'un jugement universel et inéluctable ne convient pas à tout un chacun et même à ceux qui, en apparence, y souscrivent pleinement, tel le premier calife qui, ayant accédé au pouvoir en forçant les choses pour ne pas dire plus, se montrait parfois sujet au vague à l'âme : « Ah, si j'étais cet oiseau, s'exclama-t-il un jour où il en vit un se poser sur une branche d'arbre, ou même cette branche ! » Sa fille, qui a joué un rôle déterminant dans son accession au califat, était elle aussi en proie à une étonnante inquiétude : « J'aurais aimé n'avoir été qu'une motte de terre », confia-t-elle pendant la maladie qui devait l'emporter. La vérité sort de la bouche des enfants mais aussi, parfois, de celle des tyrans. Le second calife, alors qu'il se mourrait du coup de poignard qu'il avait reçu et qu'on se pressait autour de lui, tous lui prodiguant consolation et l'assurant qu'il irait au paradis, fit étalage d'un scepticisme qui tranchait avec l'optimisme ambiant : « Je le jure, concéda-t-il, que si je possédais tout l'or de la terre, je l'aurais donné pour échapper au châtiment ! » Terrible aveu qui rappelle un verset : « *Si les injustes possédaient tout ce qui se trouve sur la terre – et encore le double – ils essayaient de se racheter, pour être préservés du châtiment…Ils verront le mal qu'ils ont fait…* ». Comme son agonie se prolongeait et que les affres de la mort le rongeaient, il devenait encore plus loquace : « Ah, si j'avais été une chèvre que mes parents auraient immolée un jour où ils auraient eu des invités : ainsi j'aurais été mangé par eux et me serais transformé en plusieurs crottes d'excrément ! » Pourquoi ce désir de métamorphose organique ? Simplement, l'agonisant nourrissait l'espoir que Dieu ne puisse pas le ressusciter. Ces « pieux ancêtres » craignaient donc cette résurrection annoncée parce que si elle survenait, elle ne serait pas à leur avantage et ils passèrent de vie à trépas dans l'angoisse et la terreur. La liste de ceux et de celles qui devaient décéder dans l'épouvante n'était pas fermée, loin de là, elle s'allongerait encore indéfiniment, jusqu'à compter de studieux et juvéniles étudiants d'écoles coraniques perdues dans des villages perchés et si misérables qu'on ne se serait jamais douté qu'ils recèlent des espaces de transmission de savoir.

Brahim Fachacho a appris la totalité du texte sacré pendant les trois années qu'il a passées dans une zaouia, il était un jeune homme doté d'une vigueur impressionnante et d'un appétit de vivre qu'il partageait avec des condisciples aussi féroces entre eux que prompts à commettre toutes les transgressions, y compris celle de ne pas jeûner pendant le ramadan, où ils simulaient l'observance et mangeaient en cachette tout ce qu'ils pouvaient trouver, même des caroubes. Le démon de la luxure avait ses quartiers dans l'école. Parmi les candidats à l'apprentissage de la parole de Dieu, non seulement certains organisaient des séances de masturbation collectives mais pratiquaient aussi la sodomisation et ce, dans les sanitaires où les fidèles faisaient leurs ablutions avant de se diriger vers la salle de prière, siège de prosternations et de dispense du savoir de la part d'un cheikh qui allait partout un bâton dans la main comme s'il se doutait de la nécessité d'être paré dans cet établissement grouillant d'espiègles garçons qui avaient afflué des quatre coins du pays, envoyés par des parents au faîte de l'orgueil d'avoir des talebs et qui étaient bien sûr très loin de soupçonner que leurs enfants s'initiaient davantage au péché qu'à la crainte du Tout-Puissant. Le cheikh usait mollement de son bâton quand un élève peinait à réciter la sourate qu'il était censé avoir mémorisée et il n'avait jamais l'occasion de punir des écarts de conduite comme s'il ne s'en produisait jamais ou simplement parce que leurs auteurs veillaient à ne pécher que lorsque personne ne les voyait. Manifester une religiosité à toute épreuve allait de pair avec une discrétion tout aussi irréprochable quand il s'agissait de violer les interdits et de s'adonner aux vices les plus éhontés. Brahim Fachacho, en ce domaine, était imbattable. Jamais son maître n'a été effleuré par le soupçon que derrière son apparence de disciple soumis se dissimulait un rebelle intraitable entré tôt en dissidence avec la parole divine. Dès qu'il avait éprouvé ses premiers émois de la chair et qu'il avait compris qu'il devait se retenir jusqu'au mariage, il était rempli d'une fureur dont il cachait l'ampleur même à ses camarades. Très tôt donc s'était forgée en lui la certitude qu'il hausserait les épaules des menaces du châtiment eschatologique, il était sur terre pour jouir sans restriction et pas question de se laisser impressionner par des sourates qui lui semblaient répétitives, creuses, et dont il n'appréciait que la musicalité. Il ressentait au plus profond de lui-même l'horreur des bigots, de sorte qu'il se réjouissait presque que la mort les prenne, comme lorsque son cheikh décéda sous les coups d'un couteau de cuisine dans l'enclos même où il dispensait sa science. Les élèves étaient unis dans la stupeur et le chagrin, ils s'émerveillaient de l'incursion sur leur territoire de toutes les personnes étrangères ameutées par le meurtre, ils étaient rassemblés dans la cour de l'établissement regardant le chassé-croisé des enquêteurs et des membres du comité de la direction de la zaouia, et personne ne semblait orienter ses soupçons vers eux tant il était évident que le coup avait été donné par un membre de la famille qui présidait la zaouia depuis des siècles et dont les dissensions au sujet des profits générés par leur école étaient un secret de polichinelle. Seul Fachacho, dans le secret de son cœur, admirait ces membres d'une même famille se disputant des deniers périssables avec une rare férocité, il se retrouvait dans leur apprêté alliée pourtant à une stricte piété. Il ne versa pas une larme sur la victime dont il n'avait jamais aimé le sérieux et l'honnêteté qui révélaient une crédulité ridicule et une prise au sérieux des sornettes au sujet de l'au-delà. Il avait dix-neuf ans lorsqu'il quitta la zaouia, avec dans sa poche un diplôme dont il espérait n'avoir jamais à se servir, car il était pour lui hors de question de vivre des écritures, il aspirait à une vie éloignée de la religion, décevant ainsi les espoirs de ses parents qui, par chance, ne vécurent pas assez longtemps pour le voir défroquer. Il a depuis vécu du travail de ses mains, touchant à la maçonnerie et à tous les métiers qui n'exigeaient pas davantage que la force physique. Il a aujourd'hui quarante-deux ans, il est debout appuyé contre une voiture qui appartient à un inspecteur de police qui a un jardin à débroussailler et qui fait la grasse matinée, l'homme de loi ayant travaillé une bonne partie de la nuit, selon les dires de sa femme. Brahim Fachacho, les bras croisés, attendant patiemment que son futur employeur se réveille, songe à l'époque lointaine où il a été élève de zaouia, au cheikh dont le meurtrier n'a jamais été attrapé et après lequel plus personne ne court désormais, l'affaire ayant certainement été classée après toutes ces années.

    La résidence de l'inspecteur est un pavillon avec une cour arrière qui, vue de l'extérieur, semble avoir effectivement besoin d'être débroussaillée. Brahim Fachacho estime que s'il obtenait cet emploi, il en aurait pour trois ou quatre jours de boulot, il gagnerait de quoi mettre les voiles. Cela fait un peu trop longtemps qu'il est dans ce patelin. Il a toujours transhumé d'un bled à un autre, ne s'arrêtant que le temps de travailler et gagner de quoi subvenir à ses besoins en attendant d'aller voir ailleurs. Il ne s'est jamais fixé nulle part, surtout après le décès de sa femme – car il a connu la sédentarité. Il se rappelle la première année de son mariage et qui a été aussi la dernière. Il était heureux de partager sa couche avec quelqu'un, cependant qu'il lui arrivait de se réveiller la nuit, d'aller à la cuisine pour chercher un couteau et revenir rôder autour de cette vie endormie, fasciné par la facilité extraordinaire avec laquelle elle lui était livrée, par la toute-puissance qu'il avait sur elle, il pouvait l'interrompre d'un simple geste, il était ivre de la possibilité de l'ôter sans même le désagrément d'un débattement de sa victime qui aurait rejoint le néant directement depuis les limbes du sommeil. Qu'est-ce qui l'avait empêché de passer à l'acte ? Sans doute la conscience qu'il avait de ne plus disposer avant longtemps et sans frais d'appas féminins. En-dehors des prostituées auxquelles il avait horreur de recourir, il lui était en effet très difficile d'accéder aux plaisirs de la chair dans un pays corrompu par les préjugés et les superstitions, où des esprits arriérés gouvernaient autant les familles que les institutions, et il retournait à la cuisine pour y rapporter le couteau. Il renouait épisodiquement avec le jeu morbide de brandir, au plus haut de la nuit, un objet coupant et de le rapprocher de la gorge de sa conjointe, qui avait le sommeil profond et qui ne l'avait jamais surpris. Mais il n'y fut pour rien dans son décès, elle mourut en couches et nul ne pouvait mesurer son soulagement que le bébé y soit aussi resté. Il ne pouvait qu'imaginer à quel point il aurait été encombré par un nourrisson. Il était demeuré trois années de suite dans ce patelin-là et il fit ses malles le lendemain même de l'enterrement, où la tribu de ses beaux-parents avait constaté l'impassibilité avec laquelle il avait affronté cette tragédie, pas une larme n'avait franchi le portail de ses yeux et il avait coupé complètement les ponts avec eux sitôt être monté dans le bus. À sa prochaine station il ne passa que six mois – six mois c'était la durée idéale pour lui et il ne s'attardait pas au-delà, sauf s'il n'avait pas de quoi financer sa transhumance suivante et était contraint d'attendre de dégoter un emploi dans quelque chantier ou une toute autre corvée, comme le débroussaillage. Avec le temps il a développé un certain savoir-faire en ce domaine, il n'aime rien autant que d'être engagé pour débroussailler des champs ou des cours intérieures, d'où sa joie lorsque l'inspecteur de police s'est adressé à lui pour lui donner du travail. Si Brahim Fachacho n'était pas désargenté, il n'aurait pas accepté parce qu'au cours de toute une vie d'errance, il a contracté la peur des autorités et changeait de trottoir quand il croisait un uniforme, n'était-ce que parce que ses papiers n'étaient pas toujours en règle.

Toujours debout et les bras croisés, il attend que l'inspecteur se réveille, il regarde sa montre, il est dix heures du matin et il a l'espoir que l'autre ne le fera pas patienter trop longtemps et qu'il ne restera pas couché jusqu'à midi. Par les volets écartés des fenêtres, il entrevoit par intermittence la femme allant et venant dans le pavillon, au gré de ses occupations ménagères. Il ne l'a pas regardée au moment où elle lui avait ouvert, il était trop intimidé par la profession de son mari pour oser la dévisager, trop honteux aussi des guenilles qu'il porte. Il se demande si l'inspecteur est en train de rêver et de quoi, il trouve émouvant d'être là, faisant le pied de grue devant le pavillon tandis que le propriétaire, lui, est *quelque part*, dans une réalité parallèle, un monde juxtaposé à celui-ci. Il a peur à l'idée que les deux réalités peuvent se rejoindre d'une manière ou d'une autre, se croiser, mêler des éléments de l'une à ceux de l'autre, s'enchevêtrer, cela n'est pas impossible, des informations peuvent fuiter et transcender les frontières. Mais Brahim Fachacho choisit de se rassurer en se disant que les frontières sont infranchissables et que leurs cloisons sont d'une étanchéité absolue.

Surprenant de nouveau le passage de la femme du salon à la cuisine, il se rappelle, à la vue d'une mèche de cheveux qui s'agite sur son épaule, une autre chevelure. Celle de la fille du cheikh de la zaouia qui avait sa maison contiguë à l'école. Les élèves avaient parfois l'occasion de l'apercevoir en train de s'affairer dans la cour, elle avait leur âge et l'un d'eux avait laissé entendre que si quelqu'un entreprenait de la draguer, en faisant montre d'une grande persévérance, il parviendrait sans doute à un résultat avec elle. Ayant entendu cela, Brahim Fachocha entreprit de relever le défi. De toute façon, il n'avait rien à perdre, et surtout rien à faire dans une école où le matin il devait écrire sur une tablette un passage du Coran qu'il s'en allait dans un coin lire et relire jusqu'à ce que sa mémoire l'enregistre, puis effacer la tablette et y transcrire la sourate suivante, ainsi de suite, tous les matins et tous les jours, au milieu d'élèves adonnés à la récitation et produisant un bruit aisément comparable à celui d'une ruche. Fachacho, avantagé par une mémoire prompte à absorber rapidement la leçon du jour, arrivait à se libérer avant ses camarades et allait se poster alors dans un endroit de l'école d'où il avait vue sur la cour de la maison du cheikh et où surtout il se rendait visible à sa fille qui, ayant remarqué son assiduité, entreprit de se manifester plus souvent que d'habitude, sans doute mue par le désir de fuir l'ennui qui la terrassait inéluctablement comme il terrassait toutes les jeunes vies cloîtrées dans un village où presque rien n'était vivant hormis peut-être les oliviers et les figuiers qui dominaient le paysage. Cela devait amuser la jouvencelle de remarquer que l'un des élèves de son père se montre hardi et téméraire au point de convoiter la fille de son maître. C'était une blonde avec des rondeurs un peu trop saillantes, et une allure assez gauche, ce qui se voyait même de loin, mais sa blondeur était un attrait qui valait certains sacrifices. Pendant plusieurs semaines, Fachacho, expédiant en un temps record sa corvée matinale, se plaçait à découvert du logement de fonction du cheikh et, à force, réussit à établir un contact avec sa cible qui, touchée dans un premier temps par son obstination, finit peu à peu par se dégeler et entrer avec lui dans un explicite et excitant commerce d'apparitions concertées, de regards connivents et même de gestes de la main, de sorte qu'au bout de cet échange à distance entre les deux jeunes gens il y avait la promesse esquissée avec les moyens du bord d'un tête-à-tête nocturne. Le triomphe de Fachacho était subordonné à une discrétion totale, il avait compris que rien ne pouvait autant menacer son bonheur que d'en parler à ses camarades, se retenir de se vanter de son succès lui avait été plus ardu que de parvenir à faire sortir la fille par la fenêtre de sa chambre une nuit pour qu'ils puissent se rencontrer sous l'épais feuillage d'un figuier centenaire. Leur premier rendez-vous fut un bonheur parfait, ils ne parlèrent presque pas, ils ne firent que se toucher et se palper mutuellement comme si les mois passés à se jauger de loin avaient créé en eux un insatiable besoin de vérifier la réalité physique de leurs deux existences. L'excitation du garçon était telle qu'il se répandit dans son froc, mais dissimuler cela à sa partenaire lui était plus aisé que de s'empêcher de se glorifier de sa prouesse dans le dortoir. Pendant leurs rencontres suivantes, il était souvent question du père. La fille, pour se pardonner sa conduite, devait se dire qu'elle n'avait rien contre l'idée d'épouser peut-être un garçon appelé à vivre du même métier que celui de son père, tandis que Fachacho, se gardant bien sûr de confier la manière dont il envisageait son avenir, la laissait croire ce qu'elle voulait, du moment qu'elle lui permettait de goûter aux fruits de ce paradis de chair et de sang qu'elle était à ses yeux. À la longue, elle avait de plus en plus mauvaise conscience, ce qui l'amenait à parler sans arrêt de son père, comme si elle péchait moins contre Dieu que contre son géniteur. C'est ainsi que

Fachacho apprit les secrets du maître qui se levait la nuit pour prier longuement, qui montrait des scrupules dans tous les domaines de son existence, bref c'était un homme qui croyait et pour de vrai. Ce portrait acheva de le rendre encore plus haïssable aux yeux de l'élève. Quand il le voyait la journée, il écoutait sa propre âme lui susurrer qu'il était supérieur au cheikh parce qu'il passait des moments d'une intense intimité avec sa fille, qu'il n'avait pas encore déflorée mais qu'il doigtait avec un indéniable savoir-faire qui les remplissait tous les deux de bonheur, protégés par les feuilles du figuier. Du haut de cet exploit, il se permettait de toiser le père, de se moquer intérieurement de son aspiration à entrer un jour dans l'éden pour y jouir indéfiniment de tous les privilèges alimentaires et le délice des sens promis par les sourates, il se répétait que l'éden, le seul vrai éden, c'était lui, Brahim Fachacho, qui le savourait une nuit sur deux, dans l'hospitalité d'un figuier et la candeur d'une belle à la peau si lisse et si douce qu'il éjaculait rien qu'en y promenant sa main fiévreuse et, cerise sur le gâteau, la belle en question n'était personne de moins que la propre fille du saint qui, bien entendu, vivant sur un nuage, ne se doutait pas que le démon avait opéré un sacré recrutement sous son propre toit, pas plus qu'il ne s'imaginait que nombre de ses élèves s'acquittaient des prières prescrites sans même faire leurs ablutions tellement ils ne prenaient pas la religion au sérieux et qu'ils fréquentaient la zaouia uniquement parce que leurs parents l'avaient décidé ou que les écoles publiques n'avaient pas voulu d'eux. Il le haïssait et le méprisait à telle enseigne que Brahim Fachacho sentit sa haine et son mépris déteindre sur la fille, qu'il finit par prendre en horreur, ne répondant plus aux signes qu'elle lui envoyait et ignorant l'inquiétude qui commençait à s'emparer d'elle, et quand la mort frappa le père, il n'alla pas la retrouver pour lui prodiguer consolation et réconfort, ne souhaitant pas affronter des yeux la dévastation qu'il imaginait peinte sur ses traits d'orpheline. La zaouia ne survécut pas longtemps au décès du cheikh, dont la famille fut invitée à libérer le logement de fonction et la fille disparut sans jamais avoir eu l'occasion de recevoir de son amoureux la moindre explication. Par ailleurs, Brahim Fachacho lui-même finit par quitter la zaouia ainsi que tous ses condisciples, dont certains avaient été orientés vers d'autres zaouias tandis que lui rentra à la maison, il était alors assez âgé pour tenir tête à ses parents qui auraient souhaité qu'il poursuive ses études. Quand il repense à cette époque de sa jeunesse, il est frappé de constater à quel point c'est de la fille dont il se souvient le moins, il est incapable de se rappeler avec exactitude les traits de son visage, il a à peine conservé le souvenir d'une peau agréable à caresser, elle lui est complètement sortie de la tête, et si son souvenir le revisite ce matin, il lui est indifférent de savoir si elle est heureuse ou malheureuse, toujours vivante ou morte, il refuse jusqu'à se souvenir d'elle, d'elle et de son père dont, en revanche, il se rappelle le portrait avec une saisissante clarté.

Après son départ de la zaouia, il n'y a pas que la fille qu'il s'est efforcé d'oublier, il a déployé d'harassants efforts afin d'effacer les sourates dans sa mémoire, c'est vers ce but que sa volonté a tendu avec le plus d'énergie, faire table rase des menaces du châtiment et des promesses de récompense céleste, rejeter loin de lui ces paroles vieilles de quatorze siècles, *des lignes léguées par les anciens* comme aimaient à les qualifier les incrédules contemporains de la révélation et qui s'étaient évertués à contrer leur propagation par tous les moyens, surtout militaires, et qui ont manifestement échoué. Si Brahim Fachacho a partiellement réussi son entreprise d'oubli, il a été aidé par le fait que dans les zaouias on veillait à enseigner le moyen de mémoriser le Coran mais pas son exégèse, celle-ci étant l'apanage des grandes universités qui se trouvaient dans les grandes villes des pays étrangers, dans les villages reculés on a expérimenté le *par-coeurisme*, pas l'interrogation du texte, la fétichisation des mots et non la scrutation de leur sens, les talebs qui sortaient des zaouias accomplissaient le prodige de débiter d'une lancée les cent quatorze sourates sans trébucher sur aucun verset mais de leur contenu ils ne savaient pas grand-chose, on croyait que c'était assez de savoir que c'est la parole de Dieu pour que sa baraka se manifeste, c'est ainsi que des nations ont pu préserver le livre et en faire leur compagnon totémique mais sans toujours se donner la peine de l'explorer, priorité à la mémorisation pas au décorticage, à l'apprentissage pas à la dissection, la psalmodie plutôt que la méditation, et on voyait d'un mauvais œil qu'un récitateur ne se rappelle pas ce qu'il a appris, il est promis à être *ressuscité aveugle et quand il s'écriera pourquoi Seigneur m'as-tu ressuscité aveugle alors que j'étais voyant,* il lui sera répondu que *c'est parce que tu as reçu les versets mais que tu les as oubliés et que pareillement tu es aujourd'hui laissé au dépourvu.* Voilà donc à quoi Brahim Fachacho doit s'attendre si un jour la résurrection s'avérait n'être pas qu'une galéjade mais bien une réalité, il sera privé de sa vue, il sera négligé, on ne s'occupera pas de lui et en attendant, il en hausse les épaules, il se félicite d'avoir réussi à vider sa mémoire et à être désormais incapable de réciter même les plus courtes sourates, celles qui ne sont composées que de trois ou quatre versets seulement. Pour autant, il n'en a pas fini avec elles, elles le hantent encore bien qu'il ne se l'avoue jamais, il n'est pas rare qu'en se réveillant le matin, un verset ou deux affleurent la surface de l'oubli volontaire auquel il s'est entraîné pendant ses années de nomadisation, surnagent l'endormissement où ils sont enfouis si profondément qu'il les a crus morts et enterrés six pieds sous terre dans le cimetière de sa mémoire de chair, oui certains jours il doit lutter pour faire cesser tel verset de résonner dans sa tête, il est perturbé, dans chaque nouvelle cité où il arrive, il se heurte d'emblée à la vue d'un minaret – ce leg chrétien que les musulmans ont repris à leur compte sans toujours se le rappeler –, il y a l'appel à la prière scandé cinq fois par jour via des hautparleurs qui ne laissent aucune chance à ceux que l'appel n'intéresse pas, il y a partout des cheikhs qui président aux offices, nulle ville où il débarque n'est dépourvue d'une mosquée et, ironie du sort, il arrive qu'on lui donne du travail dans ces lieux de piété même, comme cette fois où les sanitaires d'une mosquée étaient bouchés et où il s'était proposé pour les déboucher. Pendant les deux jours où il s'était mesuré à des conduites obstruées, il a pu côtoyer de près l'imam, un homme à peine plus âgé que lui, svelte, avec de grands yeux noirs qui se mouvaient avec calme et exhalaient une douceur à la mesure de la sérénité qui paraissait habiter l'homme, lequel s'isolait dans la salle de prière au moment où elle était déserte pour se livrer à de longues prières surérogatoires, qu'il interrompait sitôt que quelqu'un survenait, comme si ses dévotions devaient impérativement rester entre lui et Dieu et ne pas être portées à la connaissance d'une tierce personne, il était exagérément poli et humble, tout chez lui agaçait l'homme de corvée recruté pour s'occuper des sanitaires, Brahim Fachacho se sentait au comble de l'irritation quand l'imam allait jusqu'à lui proposer de lui donner un coup de main, comme s'il était taraudé par la mauvaise conscience de demeurer propre et au repos pendant que lui se coltinait la merde et la pestilence. Plus tard, il travailla sur les chantiers, il n'eut pas l'occasion de revoir l'imam parce qu'il n'allait pas à la mosquée et qu'en-dehors de celle-ci, on ne le rencontrait nulle part, l'imam ne mettant quasiment jamais les pieds en ville de crainte sans doute d'être souillé par le contact visuel de la souillure, il ne fréquentait personne hors de son lieu de travail pour ne pas se compromettre en s'abandonnant aux palabres, cet unique loisir dont tout un chacun dispose, mais Brahim Fachacho repensait à lui bien plus souvent qu'il ne l'aurait aimé, oui il repensait à l'imam bien souvent, jusqu'au jour où se répandit l'incroyable nouvelle que cet homme requis par l'adoration avait été retrouvé poignardé. Même Brahim Fachacho accourut. Il trouva des centaines d'habitants rassemblés devant la mosquée, tous atterrés et en larmes. Tous pleuraient, certains posant leurs mains sur le front pour dissimuler leur crue lacrymale. La rue était remplie de pleurs et de tristesse. L'émulation ramena les larmes dans les yeux du manœuvre qui ne se souvenait pourtant pas avoir pleuré depuis sa sortie de l'enfance et qui n'avait pas versé une seule larme aux obsèques de sa propre femme et de son fœtus. Il était un peu désorienté mais il se lâcha. Il pleura d'abondance, comme si, mêlé à ces hommes aux joues ruisselantes, tous conscients qu'un juste venait de leur être enlevé, que les justes étaient une espèce rare et qu'il était difficile de les remplacer, il ne pouvait pas s'en empêcher et qu'il avait saisi que les hommes, sur terre, avaient bien plus d'une raison de pleurer et que lui peut-être en avait encore plus qu'eux tous réunis. Et tandis que le sel de ses larmes arrivait jusque dans sa bouche, il s'était remémoré un passage des écritures qu'il n'avait jamais réussi à oublier tout à fait et qui s'était rappelé à lui plus d'une fois, au détour d'une situation ou d'un événement ou au cours de ses déplacements en bus d'un bled à un autre, voyages où le silence se faisait en lui et où en son for intérieur une voix martelait : *Le jour où Nous mettrons les montagnes en mouvement, où tu verras la terre nivelée comme une plaine, Nous rassemblerons tous les hommes sans en laisser un seul. Ils seront présentés en rangs devant ton Seigneur : « Vous voilà venus à Nous, comme Nous vous avons créés une première fois ; et vous pensiez que Nous n'allions pas vous fixer de rendez-vous ! » Le livre sera posé : tu verras alors les coupables anxieux quant à son contenu. Ils diront : « Malheur à nous ! Pourquoi ce livre ne laisse-t-il rien, de petit ou de grand, sans le compter ? » Ils trouveront, présent devant eux, tout ce qu'ils auront fait. Ton Seigneur ne lèsera personne...*

Cette fois, lorsque la femme de l'inspecteur réapparaît sur le perron de la maison, il redresse la tête pour la regarder, la déshabiller presque, il prend conscience pour la première fois que c'est une belle femme, une de ces ménagères bardées de diplômes et dont l'instruction n'a servi qu'à en faire de meilleures femmes au foyer, il en entrevoit souvent aux balcons et aux fenêtres, leurs formes le font rêver mais il les sait parfaitement inaccessibles, à moins de leur livrer une cour assidue, faire preuve de désinvolture, être prêt à se battre à poing nu au risque d'attirer l'attention des forces de l'ordre, un prix trop élevé devant lequel il a pris l'habitude de reculer, quitte à se morfondre dans le désert du manque ou à se rabattre sur les prostituées, ces corps sans intérêt dont toute la féminité a été épuisée par leurs innombrables clients et dont il lui faut subir la mocheté en plus de leur refus irrévocable de négocier le tarif. Il a du mal à croire que c'est pour lui que la femme se montre et comme elle s'est mise à lui parler, il se retourne pour regarder autour de lui, pensant que ce n'est pas à lui qu'elle s'adresse, et il se met à bafouiller pour lui répondre que non, cela ne le dérange pas d'attendre. Après l'avoir examiné des pieds à la tête, avec une expression de commisération, la femme lui propose d'entrer pour qu'elle lui présente le jardin où il doit intervenir. Pris de surprise, il bafouille encore, ne sachant comment réagir à une proposition aussi inattendue. Il finit cependant par la suivre vers l'intérieur de la maison où il s'efforce de regarder devant lui, comme s'il craignait de rencontrer d'autres yeux qui alimenteront l'intimidation où il patauge. Une puissante odeur de détergent l'assaille, provenant à la fois des lieux qui viennent d'être nettoyés et de la maitresse de maison, dont il émane d'autres senteurs, les inévitables phéromones, épouse introduisant chez elle un étranger sous prétexte que le mari est occupé à combler son déficit de sommeil. Brahim Fachacho sait d'expérience qu'elle ne pourra pas s'empêcher de lui faire des avances, même ténues et de la manière la plus innocente, et auxquelles elle n'attend pas forcément une réponse. Après tout, que peut-elle espérer de sa matinée – de sa journée ? Qu'elle réussisse à accomplir toutes ses tâches du jour, comme de faire des rangements, préparer les repas, veiller à ne pas mécontenter son mari ou ne pas donner aux voisines un motif de jasement ? Ce sont là des réalisations faciles et elle doit être repue de la satisfaction qu'elles lui procurent, tandis qu'explorer les parties génitales d'un parfait inconnu, lui révéler les siennes et établir un contact immédiat entre leurs nudités respectives, voilà le dépaysement, la nouveauté à laquelle, au plus profond d'elle-même, elle doit aspirer, sans toujours se donner le courage de se l'octroyer. Au final, elle choisirait la sécurité prodiguée par la monotonie plutôt que l'aventure éphémère avec son cortège d'impondérables dont certains pourraient lui être fatals, préférerait la retenue à l'exubérance outrancière de se donner à un miséreux qui vit du travail de ses mains, elle marche vite et se retourne parfois pour le regarder en paraissant espérer surprendre ses yeux se poser ailleurs que là où ils doivent se porter et elle n'est jamais déçue, car s'il fait mine de regarder résolument devant lui, cela se devine que dès qu'elle se retourne, il reluque inévitablement sa croupe dont le tissu léger de la robe donne un aperçu plus qu'éloquent.

Quand ils débouchent dans le jardin, tous les deux rendus à la lumière crue du jour, il l'écoute lui décrire les buissons de ronces et de lentisque qu'il a sous les yeux, elle confie son désir de voir désherbé le territoire où elle entend cultiver des fleurs, elle est au courant que des produits existent qui peuvent la débarrasser des mauvaises herbes sans frais mais elle ne veut pas détériorer la qualité de la terre par l'usage de substances peu écologiques, elle est volubile, même fébrile, et il se félicite pour toutes les intuitions qu'il a eues à son sujet, il est rempli d'espoir quant aux trois jours prochains où il travaillera céans, il recevra le salaire dont il a besoin pour reprendre la route et, s'il s'y prend bien, palpera davantage que des billets de banque, il entrevoit d'alléchantes perspectives pendant son passage dans la maison de l'inspecteur en train de dormir à poings fermés et qui a vraisemblablement été retenu à son bureau la veille par l'enquête sur le récent meurtre d'un insignifiant muezzin. Si cela ne tenait qu'à madame, le visiteur attaquerait tout de suite son travail, sans attendre le réveil de l'autre, mais elle n'ose pas aller aussi loin, se montrer aussi décisionnaire, pas plus que Brahim Fachacho qui esquisse des gestes de la main par lesquels il indique vaguement l'extérieur, oui, il veut retourner dehors, attendre près de la voiture dont il est incapable de dire de quelle marque elle est, en dépit des deux heures, si ce n'est davantage, qu'il a passées appuyé contre sa tôle. La femme l'approuve : ce serait mieux en effet qu'il sorte de la maison et qu'il s'entende d'abord avec son époux avant de retrousser ses manches, elle est d'accord et elle le précède vers la sortie, comme si elle aussi était soudainement impatiente de le voir débarrasser le plancher et qu'elle avait peur, très peur, de ce qui pouvait se produire s'il s'attardait, si leur tête-à-tête se prolongeait, elle paraît se réveiller soudain à la réalité, elle a commis une faute en prenant l'initiative de l'introduire dans la maison sans la présence de son mari, lequel, s'il se réveillait maintenant et qu'il les surprenait là, ferait peut-être de la situation une lecture d'homme ombrageux et qui doit probablement être, vu sa profession, un sanguin toujours prêt à s'emporter. Pendant qu'elle le raccompagne, Brahim Fachacho se montre moins pressé de mater le postérieur de la femme, il ne veut pas précipiter les choses, il a peur lui aussi, le mari dort peut-être mais cela ne signifie nullement qu'il est neutralisé, il peut se rendre compte de ce qui se trame sous son toit au moyen du rêve, les rêves sont un monde mystérieux où la conscience ne s'abolit pas totalement, le monde réel et le monde onirique ne sont pas deux lignes parallèles, ils peuvent parfaitement se croiser, que de fois Brahim Fachacho a rêvé qu'il s'attablait pour manger et quand il se réveillait en sursaut à la sonnerie de son réveil il s'apercevait qu'il mourrait de faim, que de fois il a rêvé qu'il pleuvait et en ouvrant les yeux le matin il se rendait compte qu'il pleuvait effectivement, non, les deux mondes ne sont pas d'une étanchéité parfaite, il peut y avoir entre eux des orifices, des fissures, voire des canaux à travers lesquelles des informations de l'un passent vers l'autre. Il presse le pas pour arriver dehors et s'extraire de la zone de risque où il se trouve et quand enfin il franchit la porte et qu'il se retourne pour prendre congé de la femme, il remarque le soulagement pourtant à peine perceptible qui passe sur son visage, un soulagement qui est pour ainsi dire un aveu, un acquiescement à toutes les idées qui ont traversé la tête de l'homme depuis la seconde où il était venu sonner à la porte, où elle lui avait ouvert pour lui apprendre que son mari dormait et qu'il devait attendre son réveil, où il a patienté debout contre la voiture et où par intermittence la silhouette de la femme apparaissait aux fenêtres, il prend conscience désormais que ces apparitions n'avaient rien d'innocent, qu'elles étaient préméditées, que derrière l'apparence d'une ménagère adonnée à ses tâches il y avait une femme entrée en ébullition, qu'une interaction était née, spontanée, dès la première seconde où leurs yeux se sont rencontrés car, à leur insu, ils disposent sans le savoir d'un allié dans la nature, le diable qui n'a peut-être pas manigancé la rencontre mais qui sait comment l'exploiter, comment en tirer profit, le diable contre lequel les sourates mettent tellement en garde, vainement, et dans les rets duquel les hommes se précipitent, attirés par des promesses qui ne sont jamais tenues, le diable oui auquel la femme ne doit pas trop songer mais auquel l'ancien élève de la zaouia, malgré ses efforts titanesques à oublier ce qu'il a appris, accorde maintenant son attention, car ce n'est pas la première fois que leurs chemins se croisent, Brahim Fachacho ayant déjà eu à faire à lui et même bien plus souvent qu'il ne pourrait jamais l'admettre, il y a longtemps que l'un a posé sa main sur l'autre, ils se sont reconnus et se sont toujours compris, ils se sont liés d'amitié, il y a entre eux une complicité ancienne, une vieille alliance dont la femme mariée ignore qu'elle est la victime toute désignée.

De nouveau seul, il croise les bras et s'appuie contre la voiture, en tâchant de regarder par terre, mais s'il levait les yeux vers le pavillon, il sait qu'il ne l'apercevrait pas. Elle commencerait sans doute par entrer dans la chambre où son mari dort pour vérifier qu'il ne s'est aperçu de rien et ensuite elle se rendrait rare, estimant qu'elle en a fait assez pour aujourd'hui, elle se réprimanderait même d'avoir envisagé de folâtrer avec un va-nu-pieds, elle effacerait celui-ci de sa conscience et feindrait de reprendre placidement ses occupations interrompues. Brahim Fachacho la laisse tranquille, maintenant il se préoccupe du mari qu'il connaît de vue. Quand il débarque dans une nouvelle bourgade, il tâche toujours de passer inaperçu mais dans son coin il s'applique à repérer les gros bonnets, à les identifier, il procède toujours de la sorte, il y va de son salut. L'inspecteur lui a toujours donné l'impression d'être un de ces hommes qui prennent très au sérieux leur travail, qui mettent du cœur à l'ouvrage, et il se demande si au cours de toute une carrière à pourchasser les criminels il lui est arrivé de se dire à quoi bon, dans un pays coutumier du fait du prince et de son corollaire, la guerre civile, pourquoi se donner tant de peine à arrêter un meurtrier occasionnel quand des hommes qui ont pratiqué le meurtre à une échelle industrielle ne sont jamais inquiétés, ils sont même honorés et remerciés pour ce qu'ils ont fait, car tuer des centaines voire des milliers de leurs semblables est perçu comme un service rendu à la collectivité tandis qu'un péquenot qui en assassine un autre, sous une pulsion passagère, on met les bouchées doubles pour le capturer et le guillotiner. Brahim Fachacho, qui songe souvent à la prison où pourtant il n'a jamais mis les pieds, ne comprend que très bien que leurs pensionnaires se sentent un peu victimes d'une injustice, eux qui sont jugés condamnés et emprisonnés pour des délits souvent cent fois moins graves que les délits dont se sont rendus coupables d'autres qui continuent pourtant à se pavaner au soleil, voire à pontifier sur les plateaux de télé. La société est injuste, ce ne sont pas toujours les mauvais qui sont derrière les barreaux et ce ne sont pas toujours les bons qui sont récompensés. C'est peut-être à cause de cette injustice profonde, irréparable et inhérente au fonctionnement du monde des hommes qu'il y aura un jugement dernier et que l'inéluctabilité d'un procès de l'humanité a été inscrite dans les gènes de l'univers où, dès sa conception, sont appelés à apparaître des êtres libres de faire le mal autant qu'ils le souhaitent et qui doivent croire que, pour peu de se trouver du bon côté du manche, ils s'en tireraient toujours et qui s'en tirent en effet. Brahim Fachacho se dit soudain qu'il devrait renoncer à ce boulot et s'éloigner le plus vite possible de l'inspecteur et d'éviter d'entrer dans son champ de vision, qu'il prend des risques inconsidérés en postulant pour cet emploi, oui, s'en aller immédiatement, sans attendre qu'il se réveille, comment peut-il envisager de travailler pendant plusieurs jours pour le compte d'un homme dont la profession consiste à traquer les types comme lui, toujours en délicatesse avec la loi, ne serait-ce que parce que Brahim Fachacho n'a pas de domicile fixe et qu'il a toujours vagabondé sans jamais regarder derrière lui, ne surtout pas se retourner pour voir à quoi il tourne le dos, qui trace sa route, fuyant Dieu mais le rencontrant à chaque tournant. Il se souvient d'un patelin dont cent pour cent des habitants allaient à la mosquée et où lui-même, pour ne pas se distinguer, s'était plié à cet automatisme, sauf que lui y allait sans faire ses ablutions et qu'il n'avait aucune foi, c'était juste pour être bien vu, ce qui est la pire raison qui soit pour se déranger, l'hypocrisie nette, cette même hypocrisie pourfendue par les sourates et qui est promise à garnir les premières loges de la géhenne, les hypocrites et l'hypocrisie sont les premiers ennemis d'Allah qui leur voue une haine encore plus radicale que celle qu'il réserverait aux infidèles officiels, les infidèles forment des catégories multiples et variées, il y a les infidèles qui s'acceptent et qui ne trichent pas et ne cherchent pas à abuser autrui, des infidèles qui ne sont pas convaincus, qui ont leurs raisons et qui seront jugés en conséquence tandis que les infidèles endurcis, ceux qui ont le cœur sec mais qui s'efforcent de donner le change, voilà l'espèce la plus dangereuse, la plus nocive car elle fait dans un mélange des genres qui ne produit que destruction sur terre, comme cet imam qui officiait dans cette ville massivement pieuse et dont les sermons du vendredi étaient de véritables mises au supplice de ses ouailles, il pérorait pendant deux voire trois heures d'affilée, un jour il a battu son propre record en discourant quatre heures sans interruption, il louait Allah le miséricordieux et le clément mais lui-même ne possédait pas une once de miséricorde ou de clémence, il tyrannisait la foule, la retenant à la mosquée au-delà du temps réglementaire, il avait de la bave aux commissures des lèvres à force de jacter mais il ne se s'arrêtait pas et personne bien sûr n'osait le rappeler à l'ordre, on subissait en silence son interminable et répugnante logorrhée, il ne pouvait visiblement pas s'en empêcher, quand il était lancé rien ne l'arrêtait, il abusait de son autorité, il y avait quelque chose de psychotique chez lui, et comme les gens murmuraient dans son dos quand ils se retrouvaient dehors et que leurs murmures lui parvenaient il consacrait une bonne partie de son prêche suivant à vilipender ceux qui médisaient de lui et se plaignaient de la longueur de ses sermons, il ne lui serait jamais venu à l'idée de se remettre en cause et encore moins de se réfréner lorsqu'il était en présence d'un micro, c'était un despote et ses homélies un despotisme qui ne disait pas son nom, il croyait certainement en Dieu mais il ne le craignait pas, les gens ne pouvaient rien faire, ils n'avaient pas d'autre choix que d'attendre qu'il parte à la retraite pour en être délivrés mais lorsqu'il a atteint l'âge de partir à la retraite il a refusé de partir, il vit toujours et est toujours en poste croit savoir Brahim Fachacho, personne n'est allé le surprendre d'un coup de poignard pour débarrasser la ville de sa nuisance, le diable n'a actionné aucun de ses affidés pour le trucider, le diable protège au contraire cette sorte de ministres de Dieu, il favorise leur ascension et ne ménage pas ses efforts pour prolonger leur apostolat, le diable s'est toujours intéressé de très près à la religion, la religion est même son terrain d'action attitré, c'est en elle qu'il place ses espoirs et ses pions, c'est dans les temples qu'il recrute ses plus fidèles serviteurs, ses plus loyaux agents et qu'il lève des troupes, il ne perd pas son temps dans les lupanars ou les casinos ou encore les conseils d'administration des grands groupes industriels où on n'a pas besoin de lui pour faire son œuvre, il supervise avec davantage de rigueur les lieux de culte et ne quitte pas des yeux les foules qui y affluent, il n'aime rien autant que les actions qui sont inspirées par lui mais qui sont dédiés à Dieu, il raffole des impostures, de la contrefaçon et des parodies, il est chez lui partout où les faux-semblants prédominent, où les imposteurs sont aux commandes, où le mensonge triomphe dans le costume de la vérité, où les justes reçoivent le châtiment qu'ils ne méritent pas, il jubile en ce moment même où un gueux désargenté redresse la tête pour mater une femme mariée à travers les fenêtres de chez elle. Brahim Fachacho éprouve une accélération cardiaque en constatant qu'il a deviné juste et que son plan a parfaitement fonctionné puisque la femme est revenue à la charge et qu'elle fomente manifestement le projet de tromper son mari pendant son sommeil, la revoici postée sur le perron pour proposer à l'étranger une boisson, se disant désolée qu'on le fasse poireauter autant, elle a trop peur de son mari pour oser le réveiller mais elle possède potentiellement la témérité de tailler une pipe à un homme dont elle ne connaît pas le nom. Brahim Fachacho s'avance vers elle en disant que l'attente lui a donné soif et qu'il ne refuserait pas un verre d'eau. Une fois près d'elle, ils restent suspendus au regard l'un de l'autre, ils se comprennent, elle recule vers l'intérieur et il lui emboîte le pas, se demandant à quel endroit de la maison ils se sauteront dessus, dans le vestibule ou la cuisine ou encore les toilettes, ce sera dans le vestibule, oublié le verre d'eau, elle s'agenouille sans délai devant sa braguette et lui, laisse échapper un soupir quand son sexe pénètre la bouche haletante, il manque venir sur-le-champ…Ils sont interrompus, ils entendent un raclement de gorge, le mari tâtonne cherchant ses sandales et criant le nom de sa femme. Brahim Fachocha s'extirpe en vitesse du domicile pendant qu'elle s'empresse de refermer derrière lui, non sans lui décocher un dernier regard, une ultime concession pour exprimer sa gratitude pour ces secondes d'évasion pure, ils se reverront peut-être, oui peut-être, se répète-t-il en dirigeant ses pas vers la gare, mais avant de grimper dans un bus, il fait une halte aux toilettes où, après s'être soulagé, il fait le compte des pièces de monnaie qui traînent dans le fond de ses poches, calculant combien de kilomètres il pourrait se payer avec si peu.

5

En ouvrant les yeux ce matin, Profo a du mal à réaliser ce qui lui est arrivé, il peine à croire qu'il a dormi huit heures de suite et que la veille il n'a pas eu à attendre longtemps, il se rappelle qu'il s'est allongé aux côtés de sa femme, qu'ils discutaient tranquillement puis qu'il s'est endormi d'un coup. Cela fait pratiquement quinze ans que cela ne s'est pas produit : trouver le sommeil sans passer par la case des allées et venues dans l'appartement pendant une bonne partie de la nuit est inédit dans sa vie d'insomniaque invétéré. Il saute du lit, se rend compte qu'il est seul, que Nadia et les trois garçons sont déjà partis ; il se meut avec une aisance inhabituelle, il est loin de ces réveils tant expérimentés où il devait se traîner comme s'il avait passé la nuit à boire et qu'il se réveillait avec la gueule de bois. À la salle de bain, il se barbouille le visage d'eau, puis s'arrête un instant devant son reflet dans la glace comme s'il ne se reconnaissait pas : pas de doute pourtant, c'est bien lui. Dans la cuisine, il trouve le café encore chaud dans la cafetière, il s'en verse une tasse et s'assoit la déguster, il est agréablement surpris, il se répète que c'est une journée à marquer d'une pierre blanche, il a réussi à dormir sans difficulté. Serait-ce fini de l'éreintant calvaire de se morfondre pendant d'interminables heures dans l'attente d'une improbable délivrance ? Que s'est-il passé dans son cerveau, dans son organisme, dans sa vie, pour qu'un tel miracle ait pu avoir lieu ? A-t-il rendu dans la journée d'hier service à quelqu'un qui a alors prié pour lui ? Mais le prof de physique-chimie est peu enclin à valider cette hypothèse, il est ordinairement incrédule, il se définit volontiers comme un mécréant en règle avec Dieu. Il se sent si bien dans sa peau qu'il est tenté de consacrer la journée à autre chose que rejoindre son lieu de travail, il y a en lui une profusion de forces qui l'orientent vers la quête de la nouveauté, lui insufflent un désir de bifurcation, il aspire à célébrer l'événement autrement qu'en renouant avec la routine, et il se lève pour aller chercher la voiture au collège où travaille sa femme. Il se verrait bien se lancer sur une route, n'importe laquelle, le but étant de rouler, une occupation davantage en phase avec son humeur du jour et plus à même de lui apporter une réponse, comme si le bonheur en avait besoin et qu'il fallait à tout prix l'expliquer et le disséquer et que c'était le plus sûr moyen de le conserver et d'en entretenir la flamme.

Il quitte l'appartement et en sortant de l'immeuble, il se heurte d'emblée à une inhabituelle absence de gens dans le lotissement, mais il ne commence à s'en inquiéter que lorsqu'il a suffisamment marché et qu'il a débouché dans la rue vide de toute présence comme si on ne sait quoi de prodigieux s'était passé et avait attiré la population vers un endroit précis de ce bourg qui s'est toujours efforcé de s'étendre et de s'accroitre pour surmonter son complexe d'avoir été au commencement un minuscule et sinistre hameau. En vérité, il s'en fout de savoir où sont les gens, il poursuit son chemin jusqu'au quartier où se trouve le collège, dont il aperçoit les salles de classe remplies d'élèves, ce qui le rassure un peu, sauf qu'il n'y en a aucun devant le portail qu'il aurait chargé d'aller lui chercher les clefs, ne voulant pas pénétrer dans l'établissement, longer la cour jusqu'au bureau de l'administration, ce qui l'aurait contraint à serrer beaucoup de mains et échanger des salutations, autant de sollicitations qui menaceraient le fragile bonheur qui crépite en lui. La voiture est là, garée parmi d'autres, et il choisit d'appeler Nadia, laquelle lui répond aussitôt. Quand elle vient lui apporter les clefs, elle lui lance de loin : « Tu as dormi cette nuit, tu t'es écroulé comme une masse, bravo ! » Elle paraît encore plus épatée par la nouveauté qu'il ne l'est lui-même, peut-être a-t-elle besoin autant que lui de constater qu'il est aussi bien capable de manifester des entorses à la normalité que de s'harmoniser avec elle. Nadia a été longtemps en surpoids et son mari a toujours un peu de mal à s'accoutumer à sa silhouette nouvelle, fruit de louables efforts comme le jeûne et la fréquentation de la salle de sport, il trouve qu'il y a tellement de choses de louable chez elle qu'il se garde de lui reprocher les affaissements de la peau à certains endroits de son visage, qui dépendent bien sûr moins de sa volonté que de l'âge destructeur. « Tu veux aller où comme ça ? Tu ne travailles pas ? À propos, on dit qu'on a arrêté l'assassin ! » Voilà donc l'explication de l'absence des gens dans les rues, ils sont allés se masser devant le commissariat, curieux de découvrir la tête du meurtrier, à moins qu'ils ne réclament carrément qu'il leur soit livré pour qu'ils le lynchent. Profo monte dans la voiture, salue sa femme de la main et démarre, en se demandant s'il doit aller se joindre à la foule de badauds ou s'en tenir à son projet initial, lequel du reste n'a pas été clairement formé et a consisté principalement à rouler dans n'importe quelle direction, vraiment n'importe laquelle, juste rouler, être en mouvement, il est des jours, si ce n'est tous les jours, où le mouvement s'impose comme l'unique chose à faire, la seule échappatoire possible, l'exclusive promesse de salut.

Quelle que soit la direction qu'il empruntera, il passera inévitablement devant le commissariat, il ne pourra pas échapper à la foule rassemblée pour revendiquer sa part de la bonne nouvelle et du triomphe de la police, et il n'y échappera effectivement pas, il doit même ralentir en arrivant près de ce bout de la rue car il y a foule, une foule si nombreuse – et pour le moment parfaitement calme – qu'il s'y trouve fatalement quelque connaissance qui, l'apercevant au volant de sa voiture, se précipitera vers lui pour l'abreuver des fraîches de la matinée. Profo baisse la vitre à l'approche du collègue dont il n'a jamais su si c'est juste un collègue ou un ami, la frontière entre les collègues et les amis n'étant pas toujours aisée à délimiter, c'est même un problème universel puisqu'il y a partout des collègues qui se confondent avec les amis et dont les airs amicaux contribuent à la confusion, des personnes que vous fréquentez au travail et que vous retrouvez au-dehors, de sorte que vous passez tant de temps avec eux qu'il serait malvenu de ne pas les considérer comme des amis, même s'ils vous donnent parfois des raisons de vous mordre les doigts de vous être mépris. Par ailleurs, il refuse d'admettre que les collègues sont les seuls amis qu'il a, qu'il n'en a pas d'autres, qu'il a échoué quelque part et qu'il y a une fissure dans l'édifice. « Alors, c'est vrai ce qui se raconte ? commence Profo. - On a alpagué un plouc travaillant sur les chantiers mais on ne sait pas encore si c'est parce qu'il aurait assassiné le muezzin. Il paraît que ce serait plutôt pour une tentative de viol ».

En s'éloignant du bourg, la direction à prendre se précise subitement dans l'esprit de l'automobiliste, si bien qu'il sort son téléphone pour prévenir qu'il n'assurerait pas les cours de toute la journée. L'annonce est accueillie avec stupeur par le censeur du lycée, qui ne se souvient pas que Profo ce soit déjà absenté. Il tente de s'enquérir des raisons de cette atteinte à l'image du professeur ennemi de l'absentéisme et qui a la réputation de travailler même lorsque ses collègues font grève, quitte à passer pour un traître à leurs yeux. Personne cependant, en-dehors de lui-même, ne sait d'où lui est venue cette habitude de ne jamais manquer un cours, y compris les jours de débrayage, non personne n'est au courant de l'origine de ce comportement, personne n'est à même de deviner que cette sainte horreur que Profo a développée à l'égard du *séchage* date d'il y a quinze ans, de l'époque où il en pinçait mortellement pour une gamine de seize-ans qui n'a jamais rien su des sentiments ardents que son professeur éprouvait pour elle, pas plus qu'aucun autre être humain de son entourage immédiat, c'étaient deux années d'une passion dévorante et étouffée dans l'œuf, un traumatisme auquel il lui plaît certains jours d'attribuer ses ennuis avec le sommeil, il lui est aisé de situer la source de ses déboires dans cette période de sa vie, ces deux années où il allait partout en répandant des gouttes de sang comme un blessé par balle et qui ne pouvait se confier à aucune de ses connaissances, hormis peut-être une fois ou deux à de parfaits inconnus rencontrés dans des bars de bourgs éloignés de celui-ci. Il peut encore revoir sa chevelure, certains des traits de son visage, il a mémorisé sa façon particulière de sursauter, mais il ne se souvient pas de davantage de choses, peut-être même ne saurait-il pas la reconnaître s'il la croisait aujourd'hui, sauf si son cœur réagissait et se mettait à battre la chamade, car le cœur a sa propre mémoire et son propre éventail de réactions, non Profo ne serait pas capable de la reconnaître ni n'espère même la revoir, il ignore ce qu'elle est devenue, si elle est mariée ou si elle est morte, il n'a pas ménagé ses efforts tout au long des années pour aider sa plaie à cicatriser, il a veillé à se priver de toute information sur la fille dans l'espoir de priver ainsi sa mémoire d'éléments susceptibles d'entretenir la sanie, il ne se souvient que du nom de son village, situé à une trentaine de kilomètres du bourg et vers lequel le voici engagé, il est encouragé non par le désir de la revoir mais par la quasi-certitude qu'elle ne s'y trouve plus depuis longtemps.

Après avoir roulé quelques kilomètres, il doit s'arrêter parce qu'un autre collègue l'a hélé, désireux de lui présenter la maison qu'il est en train de se faire construire sur un bout de terrain qui lui a été offert par la famille de ses beaux-parents. Dans la salle des profs il ne savait parler que de ça et il guettait l'occasion de faire visiter le chantier à ses collègues, Profo notamment dont il est le plus proche et qu'il considère sans doute comme un ami car Tahar, qui enseigne la philo s'il vous plaît, ne se pose pas de questions sur ses liens avec ses semblables, il n'éprouve pas le besoin de s'interroger sur l'amitié, il accorde facilement la sienne à la première connaissance, même vague, qu'il croise et avec laquelle il peut échanger sur le beau temps et la pluie ou sur le foot, il ne s'épuise pas à délimiter le territoire de l'amitié et celui de la camaraderie, il n'est jamais vexé et quand Profo lui annonce qu'il n'a pas le temps de s'arrêter, Tahar lui rappelle sa promesse de passer visiter son chantier et Profo doit s'incliner, se garer, descendre du véhicule et suivre son collègue sur un chemin muletier qui débouche sur une aire aménagée au bulldozer et où émergent du sol les piliers en ciment qui abriteront le bonheur futur d'une famille composée de deux enseignants, comme celle de Profo qui, constatant que le chantier est encore balbutiant, félicite néanmoins son collègue pour les progrès de sa construction. Ils restent un moment debout l'un aux côtés de l'autre, regardant les piliers comme pour les aider à grandir par la seule magie de la contemplation, et comme Profo garde le silence, Tahar ouvre la bouche pour lui parler de l'arrestation qui a eu lieu la veille au soir sur les routes : « L'inspecteur a pris son quatre-quatre et a roulé à toute vitesse pour rattraper un autobus dans lequel le suspect était monté. Tu ne devineras jamais comment il a été mis sur sa piste. Il a rêvé de lui, voilà le fin mot de l'histoire. C'est en rêve que l'identité du tueur lui aurait été révélée. Tu croirais cela ? On est en train d'interroger le prévenu et on dit que s'il n'a pas encore avoué, il ne nie pas non plus. »

Profo, qui poursuit sa route, trouve amusant que plus il s'éloigne du bourg, plus il est abreuvé d'informations au sujet de ce qui s'y déroule et il le sera encore davantage pendant la suite de son voyage puisqu'à sa prochaine station – pour prendre un café-crème et une viennoiserie, il commence maintenant à se sentir une petite faim, il a négligé de se nourrir à la maison où il a été trop ravi d'avoir dormi sans frais pour songer à s'alimenter –, il suivra malgré lui la conversation des clients attablés à la terrasse au bord de la route et qui paraissent en savoir encore plus que le prof d'histoire-géo qu'il a rencontré en face du commissariat, mêlé à la foule des badauds qui seront peut-être dispersés à coups de bombes lacrymogène car la police n'aime pas travailler sous la pression de la rue ni être pressée de divulguer ce qu'elle sait mais elle le fera quand même, bien malgré elle, par des moyens détournés, comme de distiller quelques bribes d'informations par-ci par-là, en sachant que les personnes qu'elle mettra dans la confidence ne manqueront pas d'ébruiter ce qu'elles auront appris, autrement le rassemblement d'excités ne se résorbera pas sans y être contraint par la violence, or la police évite parfois les débordements parce qu'ils peuvent nuire à l'avancement de ses chefs. Même le garçon de salle, venu déposer la commande de Profo devant lui, observe une halte pour écouter les clients affirmer que l'inspecteur a vu en rêve le muezzin lui rendant visite chez lui et lorsqu'il s'est réveillé et qu'il a été informé que le manœuvre était venu sonner à la porte pour un boulot de débroussaillage dans le jardin du pavillon et qu'il était parti sans attendre son réveil, cela lui a mis la puce à l'oreille et il s'est lancé à ses trousses, persuadé que ce n'était pas un hasard si la victime est venue le voir dans son sommeil au même moment où son probable meurtrier s'est trouvé dans les parages, les deux visites, l'une onirique et l'autre bien réelle, étaient forcément liées et l'inspecteur n'a pas hésité à valider son intuition, il a immédiatement lancé un avis de recherche et quand il a appris que le suspect a été vu à la gare des bus, il a pris le volant pour se lancer à sa poursuite, c'est ainsi que les enquêtes pour meurtre peuvent parfois être résolues, par le simple truchement d'un rêve, cela s'est déjà vu, ce n'est pas la première fois que la providence, pour aider à la mise hors d'état de nuire d'un coupable, intervient soit en facilitant la découverte d'indices pour le confondre ou encore en inspirant un rêve truffé de signes.

Profo se remet en selle après avoir laissé un gros pourboire sur la table – dans son esprit c'est plus une aumône qu'un pourboire, même si la différence entre les deux est ténue, voire nulle : il est prêt à croire, il est en quête de foi, il ne demande qu'à être convaincu que les actes de charité jouent un rôle décisif dans le bonheur et le malheur d'un individu, il a lu quelque part qu'une personne généreuse tombe moins souvent malade qu'une autre qui ne donne jamais rien et est plus souvent sujette à la maladie et se ruine dans les frais médicaux. Profo se considère sans problème comme un malade, il n'a aucune difficulté à se compter parmi les gens dolents qui peuplent la planète, il a peut-être l'apparence d'un bienportant mais au-dedans il est rongé par une altération implacable, comment se considérerait-il dispos alors qu'il a le plus grand mal à jouir d'un bienfait que le premier imbécile venu obtient sans fournir d'effort hormis celui de s'allonger sur son lit, non il ne va pas bien et ce n'est pas une nuit d'exception qui le ferait changer d'avis, il est bien malade, profondément malade, irrémédiablement, car il faut l'être vraiment pour faire faux bond à ses élèves d'aujourd'hui et se lancer sur les traces d'une gamine qu'il a eue comme élève il y a quinze-ans de cela, alors que si elle est toujours de ce monde elle ne doit plus rien à voir avec la lycéenne qu'elle a été, plus rien de commun entre la fille à peine éveillée à la grâce qu'elle possédait en quantité et la femme adulte et corrompue qu'elle doit être devenue, une mère de famille ridée qui ne vit plus depuis longtemps pour elle-même mais pour les gosses qu'un connard de mari lui aurait faits, une adulte si mûre et si éclairée sur sa médiocrité intrinsèque qu'elle s'étonnerait grandement qu'on puisse l'avoir aimée un jour et qu'on se souvienne encore d'elle. Profo ne dispose même pas de la certitude qu'elle vit toujours dans son village natal, les filles échappent plus facilement au champ de gravité de leur lieu de naissance que les garçons, les filles se font pousser des ailes pour répondre à la convocation du destin qui prend un malin plaisir à les délocaliser, statistiquement il y a plus de chances qu'elle se soit transplantée au loin, dans un village perdu au fin fond des montagnes ou dans une ville surpeuplée où l'on n'entend même pas le son de sa propre voix dans la concurrence acoustique des piétinements et des klaxons, non il n'est absolument pas sûr qu'elle soit encore dans le village où elle a vu le jour, mais la vérité c'est qu'il a été tenté d'accomplir ce voyage depuis de nombreuses années déjà, même à l'époque où elle y vivait encore sauf qu'à ce moment-là il n'en avait pas le courage, il lui semblait alors que si elle l'apercevait rôdant dans le village elle aurait immédiatement percé son secret, aurait compris qu'il s'était déplacé pour elle, qu'il était dingue d'elle et elle se serait foutue de sa gueule de quadragénaire épris d'une gamine, elle aurait été sans doute flattée mais elle n'aurait pas pu s'empêcher de se gausser de cette passion maladroite et incongrue, elle se serait réjouie qu'il souffre pour elle dans la plus totale inutilité, non il n'en avait pas les tripes, pas le cran de se hasarder dans le village au moment où il était sûr qu'elle y habitait encore, ce n'est qu'aujourd'hui où il est presque sûr du contraire qu'il s'en sent le cœur et il lui a fallu dormir du sommeil du juste une seule fois en quinze longues années pour que l'homme de cinquante-cinq ans se décide à prendre le taureau par les cornes, à admettre que tous ses problèmes et toutes ses cassures d'aujourd'hui tirent leurs origines de ce passé si lointain et si proche à la fois, comment aurait-il pu s'en tirer sans porter des stigmates ineffaçables, des plaies qui revêtent l'apparence de la guérison pendant qu'au-dedans elles suppurent abondamment, suintent du pue et du sang, comment aurait-il pu s'en sortir indemne alors que deux années durant il allait et venait en retenant dans sa bouche le cri de la bête estoquée, qu'il dispensait ses cours le cœur broyé par la tristesse et la prostration nées de son désir fou de dévisager une élève assise dans la salle et du souci dictatorial de se contenir, qu'il portait dans son estomac un poids dont jamais rien ne l'allégeait, non jamais rien ni personne, ni les collègues auxquels il savait gré de lui tenir lieu d'amis ni même la femme qu'il venait d'épouser en justes noces et qu'il n'aurait pas prise pour femme s'il n'avait pas été amoureux d'elle, mais entre le moment où il était tombé amoureux d'elle et la date du mariage du temps s'était écoulé durant lequel un matin où il tombait une pluie biblique et soufflait un vent cataclysmique, chamboulant l'établissement, les élèves ne savant s'ils devaient demeurer en salles ou rentrer chez eux parce qu'il n'y avait plus d'électricité et qu'on voyait que dalle, attendant que l'administration prenne une décision, laquelle tardait à la prendre, Profo, tout fringant dans ses quarante-ans qu'il arborait comme si c'était vingt-ans, avait rencontré des yeux le visage de cette élève qui était déjà son élève depuis le début de l'année scolaire mais c'était comme s'il l'apercevait pour la première fois, un visage, juste un visage, et quelque chose s'est alors enclenché, quelque chose d'irrésistible et d'irréversible, quelque chose de si anodine et futile mais qui, quinze ans plus tard, continue d'agir en lui et sur lui, irréprochable professeur, toujours consciencieux, mais qui choisit de priver ses classes de ses lumières sans autre motif que celui de se rendre dans un village où il ne connaît personne et dont l'unique intérêt est d'être le lieu de naissance d'une fille dont il ne se rappelle pas très bien les traits, il s'était privé du bonheur de la dévisager parce que le plus urgent à faire à cette époque était non de satisfaire le désir brûlant de se remplir les yeux d'elle mais d'éviter à tout prix que le monde apprenne qu'il était éperdument amoureux de son élève.

*

Soudain, après s'être étalée sur des kilomètres, la route commence maintenant à s'élever et elle ne cessera plus de monter et de tournoyer, sans rien découvrir que des maquis, de maigres vergers, des parcelles de champs en jachère et, enfin, les premières maisons éparses d'un village apparemment inhabité. Profo est bien sûr rassuré de n'apercevoir personne, il l'est encore plus de ne pas être lui-même aperçu, un écho sans doute de ses appréhensions anciennes où il faisait ce voyage en esprit et où il tremblait de peur devant les gens parce qu'il avait alors l'impression que tout le monde, bien avant son élève, était au courant du motif de son incursion. Il y a cependant, ici et là, des voitures garées devant les amoncellements de briques et de pierres qui tiennent lieu de résidences, lesquelles paraissent avoir été érigées moins pour héberger leurs propriétaires que pour faire la preuve de leurs moyens pécuniers. La route continue de grimper, éprouvante pour la voiture comme pour son conducteur, qui se demande s'il arriverait à identifier le centre du village, s'il y trouverait un café ou une quelconque place où il pourrait s'arrêter. Le premier être vivant qui entre dans ses radars est un chien misérable qui va en boitant et en drainant un tourbillon de mouches. L'animal s'arrête pour lever des yeux larmoyants mais insistants sur Profo, comme s'il reconnaissait en lui un étranger. Après quelques lacets qu'il négocie péniblement, le pied sur l'accélérateur, le visiteur débouche enfin sur une baraque peinturlurée qui visiblement joue le rôle de mosquée, il ne la reconnaît à aucun signe distinctif hormis la présence d'un muret le long de la façade sur laquel on s'assoit, mais personne n'y est vautré, ce qui l'engage à décélérer et à se garer. Il descend de la voiture, tout en regardant autour de lui, commençant même à être inquiet de l'absence de monde. Marchant vers le muret, il se laisse attirer par un bruit d'un robinet ouvert, celui de la salle des ablutions où il s'engouffre, avide de ce clapotement familier, il préfère être accueilli par de l'eau qui coule que par des pairs de yeux qui l'auraient fouillé de la tête aux pieds. Après s'être lavé les mains et s'être humecté le visage, il revient vers le muret pour s'y poser et aussitôt cela fait, il découvre d'un coup une foule compacte rassemblée dans le cimetière tout proche, et il se lève, comme s'il avait commis un impair. Par chance, les gens lui tournent le dos, ce qui lui laisse le temps de se ressaisir et de se décider à s'en approcher. Au crissement de son pas, quelques têtes se tournent vers lui, mais sans animosité, comme si on n'était pas surpris qu'un étranger vienne assister aux obsèques. Il aimerait demander qui est mort, mais il n'ose pas parler, craignant d'être importun, et quand il surprend la conversation d'un groupe qui parle à voix basse, il n'est guère étonné qu'ils parlent non du mort en train d'être porté en terre mais du muezzin tué quelques jours plus tôt à des dizaines de kilomètres de là et dont le probable meurtrier vient d'être capturé. En retrait des gens, les mains jointes derrière le dos, il suit la conversation en même temps qu'il passe la foule en revue, à la recherche de quelque parent de la fille, certain qu'il le reconnaîtrait s'il y en avait un car à l'époque où il s'interdisait de poser les yeux sur elle, il ne se gênait pas pour fixer longuement les gens qui portaient le même patronyme qu'elle lorsqu'il lui arrivait d'en croiser un dans les rues du bourg.

Quelques instants plus tard, il est de nouveau installé sur le muret, au milieu de gens qui avaient quitté le cimetière et dont aucun ne s'attarde maintenant des yeux sur lui, on s'est rapidement familiarisé à sa présence, on a repris les attitudes de villageois habitués à se fréquenter depuis des siècles et le spectacle de cette intimité offre le cadre idéal à Profo pour reprendre, lui, ses méditations presque sans objet, pendant qu'il regarde le paysage et les va-et-vient, se remémorant le passé, s'interrogeant et sursautant dès qu'apparaît une femme, se disant que c'est peut-être elle : pour la énième fois depuis ce matin, il calcule l'âge que son ancienne élève doit avoir aujourd'hui, un calcul en vérité auquel il s'est déjà livré plus d'une fois au cours de toutes ces années, alors que même sa passion s'était tarie et qu'il était totalement immergé dans son intense et riche vie familiale et qu'il s'était réinitialisé une fois, une seule toute petite fois, à l'amour instantané en retombant amoureux, même superficiellement, d'une actrice aperçue dans un film d'action dans lequel elle tenait le premier rôle, celui du héros qui sait se battre et qui finit par avoir raison de la coalition d'ennemis irréductibles qui lui faisaient la chasse. Oui, il en a pincé pour cette comédienne américaine, à tel point qu'il a cherché à voir d'autres films dans lesquels elle jouait, avant de s'en lasser et de l'oublier complètement, sans la moindre difficulté, tandis que celle-ci non, il n'a toujours pas réussi à la biffer de son esprit, pas tant parce qu'il l'a côtoyée de près, qu'il a vérifié à quel point son âme et la sienne s'accordaient et qu'il a engrangé d'impérissables souvenirs avec elle, de ces souvenirs qui aident à vivre et à surmonter les étapes et les mauvaises passes et qui réconcilient toujours avec la vie, rien de tout cela, mais parce qu'il a atrocement souffert deux longues années durant, que cette souffrance a été trop violente, trop profonde pour qu'elle se soit évaporée sans laisser de trace, ce n'est pas la fille en elle-même qui importe en fin de compte mais la souffrance générée par le silence et le déni, souffrance produite par son propre refus d'admettre qu'il se mourrait d'amour pour une gamine dont il a toujours majoré les notes, en dépit de ses efforts pour demeurer un correcteur impartial et surtout, de son souci de ne jamais se trahir par quoi que ce soit, il ne pouvait s'empêcher de systématiquement lui en donner plus que ses copies ne méritaient, une légère faiblesse, si légère d'ailleurs que la fille ne devait pas se douter qu'elle était favorisée, l'augmenter de deux ou trois points a été pour lui le seul moyen d'exprimer un tant soit peu l'immense, l'increvable parti-pris qu'il avait pour elle, a-t-elle été effleurée ne serait-ce qu'une fois par le soupçon que ce prof qui l'ignorait si ostensiblement faisait à son profit entorse à l'impartialité à laquelle il était tenu dans le traitement des copies de ses élèves…

  Le cours de sa pensée est derechef bousculé par les échanges autour de lui et qui ont trait à l'actualité : le prévenu tombé entre les mains de la police n'en serait pas à son premier forfait, il en aurait perpétré d'autres, dans des régions différentes, avec de longs intervalles, il semblerait qu'il s'en soit déjà pris à d'autres religieux, tantôt des muezzins tantôt des imams, cela a forcément un rapport avec son passé d'élève d'une zaouia, mais comment appelle-t-on déjà cette sorte de tueur, qui agit épisodiquement et dont les victimes se ressemblent toutes ? Personne ne se souvient de comment on les appelle, l'un des hommes prétend le connaître mais c'est un autre qui prononce le mot « serial killer », il a manifestement vu lui plus de films que ses interlocuteurs, lesquels ne fréquentent la télé que pour les infos, pas pour les fictions. Profo repense aux trente kilomètres qui séparent le village du lieu du crime et il se demande s'il n'y a que trente kilomètres ou davantage ou moins, après tout a-t-on procédé à une réévaluation des distances depuis celles héritées des roumis ? Il ne saurait le dire, sans doute s'est-on contenté de garder celles qui ont été établies par les roumis, il n'y a pas de raison qu'elles aient changé depuis, la longueur des routes devant être inchangeable, mais cela n'est pas certain, tellement de choses ont mué depuis les roumis justement, les fameux roumis auxquels une guerre de sept années a été livrée, avec des centaines de milliers de morts de blessés de déportés et de torturés, avec pour résultat, soixante-ans plus tard, un journal-télévisé dont le format et surtout le contenu donnent une nausée insurmontable à celui et à celle qui se risque à le suivre, insufflent le dégoût de soi et de l'humanité en général, un journal-télévisé qui excelle dans la maniement de la langue de bois et qui a fait jurer Profo de ne plus jamais le regarder pour ne pas mourir de colère, s'il ne disposait pas de la possibilité de pouvoir regarder les chaînes étrangères il aurait sans hésiter remis son poste-télé dans son carton et l'aurait jeté au rebut mais, privé certains jours de son antenne parabolique pour un défaut de maintenance, il lui arrive de rompre son serment et de revenir à la télévision des libérateurs pour constater qu'année après année, décennie après décennie, c'est toujours le même torrent d'âneries, les mêmes éléments du langage qui puent la mauvaise foi et la perfidie, la même promptitude à insulter sans vergogne l'intelligence des habitants de ce pays pris pour des essaims de mouches auxquels on fait grâce de la vie pour ne pas épuiser les réserves d'insecticides importés, tout ça pour ça…Non, entre la ville et ce village doit s'étendre la même trentaine de kilomètre mesurée jadis, trente kilomètres mais les infos sur le meurtre du muezzin qui parviennent à Profo n'ont pas arrêté de s'affiner et de s'enrichir depuis qu'il est sorti de chez lui et qu'il a parlé avec le collègue mêlé aux agglutinés devant le commissariat et le deuxième collègue qui a insisté pour lui faire visiter son chantier puis les clients du café et enfin les habitants de ce village, comme si plus il s'éloignait du centre de l'événement plus celui-ci déployait mieux sa substance et livrait son secret avec moins de réticence, c'est ainsi, on y peut rien, c'est le monde d'aujourd'hui, et quand il se lève pour rejoindre sa voiture, avec la résolution d'aller se cuiter jusqu'à ce que mort s'en suive, il ne doute pas que dans ce bar situé encore plus avant dans les terres les infos en rapport avec le meurtre du muezzin gagneront en clarté et en quantité. En arrivant près de la voiture, il aperçoit une silhouette dans la rue du village maintenant animée autant que ce peut l'être une rue de village à la démographie moyenne, il sursaute en apercevant une femme marchant vite et les yeux plantés devant elle, il s'attarde à la scruter, il la reconnaît aussitôt malgré les années et les transformations de l'âge, ce n'est pas la fille mais sa plus proche copine, elles allaient toujours ensemble, elles étaient inséparables et conniventes et il avait trop aimé l'une pour qu'il n'en ait pas aussi aimé l'autre, il la suit du regard jusqu'à ce qu'elle disparaisse dans une porte, il lui est reconnaissant du fond du cœur pour cette apparition, au moins il n'a pas fait le déplacement pour rien, il rentre avec quelque subside dans son escarcelle...

*

Comme il l'a prévu, quand il descend dans un établissement situé pourtant à soixante kilomètres du rassemblement qui s'est spontanément formé devant le commissariat à la nouvelle que la police avait opéré une arrestation, il n'entend parler que de ça, avec une débauche de détails qui donne envie de poursuivre la route pour en apprendre encore plus sur un meurtre commis de sang-froid, sur la personne d'un muezzin qui, même aux yeux d'un insomniaque qui a souvent été dérangé par l'*adhan* de l'aube, passait pour ce qu'il était, un homme qui ne ferait pas de mal à une mouche, qui se contentait d'appeler pacifiquement à la prière, qui n'aurait jamais idée d'aller reprocher à qui que ce soit de ne pas être pratiquant ni d'embêter les laïcs comme Profo dans la bouche duquel la critique de la religion vient facilement parce que la religion en général, chez ceux qui en parlent le plus, se limite essentiellement à une somme d'interdits alimentaires, comme la boisson avec laquelle le mari de Nadia est un ami peu constant mais reconnaissant, l'alcool lui ayant fourni les souvenirs les plus ancrés dans son infrastructure intérieure, il a été instruit par certaines des cuites qu'il s'est offertes quand il était étudiant et bien plus encore par celles qu'il a eues quinze années plus tôt, à l'époque lugubre où la noirceur de l'hiver et la violence du vent venaient se greffer à un amour infiniment malheureux enfoui dans son cœur meurtri par le silence, et où sa souffrance redoublait, si bien qu'aller dans un bar une fois tous les trois ou quatre mois a été pour lui le seul répit qui lui était relativement accessible, le bar était l'unique endroit au monde où, l'espace de quelques bières ou d'une bouteille de vin rouge, il sentait l'oppression dans sa poitrine se desserrer, il renouait avec la facilité à respirer, il échappait à l'étouffement qui menaçait de lui faire rendre gorge, l'unique inconvénient alors était l'opposition de sa femme laquelle, un peu ointe par la religion, s'offusquait qu'il s'adonne au péché, même si elle convenait que boire modérément et épisodiquement comme le faisait son mari pouvait être toléré, d'autant plus qu'il ne se conduisait jamais comme un ivrogne et qu'à part son haleine rien ne trahissait son état alcoolisé, peut-être même le comprenait-elle davantage qu'elle ne le laissait paraître car Profo s'est souvent demandé si, vivant quotidiennement à ses côtés, elle avait subodoré qu'il souffrait à cause d'une autre, oui Nadia a-t-elle eu un jour le soupçon que son mari qui ne lui donnait jamais une raison de se plaindre était obsédé par la pensée d'une gamine vingt-quatre heures sur vingt-quatre, elle ne pouvait côtoyer un homme qui abritait une souffrance aussi durablement forte sans que son secret ne soit, même à une échelle modeste, capté par ses radars de femme qui n'avait rien d'une gourde et qui avait fait des études plus poussées que les siennes même si les aléas de la vie ont fait que lui enseigne au lycée et qu'elle, au collège. Profo songe à sa femme à mesure que l'effet de l'alcool commence à monter en lui, il songe à elle parce qu'autour de lui on ne cause que de ce meurtre que Nadia, dans un premier temps du moins, a été portée à le soupçonner d'avoir commis, il en rit en lui-même, il ne lui en garde pas rancune mais il se dit qu'elle a dû confier ses doutes à sa mère, sa dolente mère qui n'a pas le même prénom dans la lumière que dans les coulisses où elle est désignée par un surnom non pas si exotique que ça mais qui renvoie à une jeunesse dont son gendre n'a aucune idée et qui a toujours préféré croire qu'il lui avait été attribué à l'époque de sa puberté en raison de son probable engouement pour les vedettes de cinéma, il peut même imaginer en se basant sur l'apparence vieillie de sa belle-mère qu'elle a été dans sa jeunesse une femme assez attirante pour justifier qu'on lui donnât le prénom d'une starlette très en vogue en ce temps-là, tenez, le patron du bar lui-même n'a pas échappé à la fatalité de se voir accoler un sobriquet qu'il portera indubitablement jusqu'à sa mort, celui du nom de guerre d'un chef terroriste notoire, pourquoi ? pour quel motif un barman se voit-il associé à un maquisard barbu ? simplement parce qu'il a eu l'honneur de séjourner en prison pour aide et assistance à un groupe armé, il se trouve que son établissement est isolé et qu'une nuit un groupe de terroristes affamés avait fait irruption dans la cuisine, quémandant d'être nourris et que lui n'a pas eu d'autre choix que de s'exécuter, cela s'est su, il a été incarcéré et des années après sa remise en liberté, ses clients ne l'appellent plus que par le nom du chef du groupe qui a été éliminé par l'armée et qui n'a sans doute jamais pensé qu'il laisserait son nom à un mécréant qui gagne sa vie en vendant de l'alcool. Lorsque Profo a bu tout son soûl, il se lève pour rentrer, heureux de sa journée et surtout de la certitude que le sommeil ne lui fera pas de difficultés, à moins que la route ne le dessoule et qu'en arrivant à la maison, il ne soit repris par ses démons, mais en attendant il baigne dans si belle humeur qu'il n'hésite pas à prendre un autostoppeur étranger à la région mais qui n'est pas pour autant ignorant de ce qui s'y trame, de sorte que Profo est une fois encore informé par des personnes de plus en plus extérieures au bourg, son obligé qui ne s'exprime pourtant pas dans le dialecte local lui apprend que le rassemblement devant le commissariat ne s'est pas dispersé sans heurt, que la police a dû recourir à l'usage de la force pour contenir la foule frustrée de ne rien savoir de ce qui se passait à l'intérieur de ses locaux, et ainsi la fin de la vie d'un homme de paix aura donc été marquée par la violence.

*

Une semaine plus tard a lieu l'enterrement et Profo, ainsi que toute sa corporation, a afflué au cimetière où, en dépit du nombre démesuré des convives, il doit se contenter de la compagnie des mêmes personnes qu'il voit tous les jours au boulot, elles sont son univers infranchissable en-dehors duquel il se retrouverait aux prises avec le contingent infini des inconnus dont il connaît les noms les adresses et bien plus encore, dans ce bourg exigu qui ne ménage pourtant pas ses efforts pour s'agrandir. Il ramène les yeux sans arrêt vers un collègue de sa femme comme s'il était sujet à l'inquiétude, en vérité il n'est guère inquiet, il a une confiance totale en Nadia mais il ne connaît que trop bien le genre de relation que les collègues entretiennent entre eux, on peut se convaincre soi-même de n'être animé par aucune mauvaise intention mais la nature humaine est ainsi faite qu'un cul bandant ne manque pas de produire ses effets sur les âmes les plus innocentes, ce Kakou dont la présence au cimetière ne désamorce pas la propension à rigoler et dont la femme est un légume se trompe s'il croit que son apparente inoffensivité est de taille à abuser un Profo qui a longtemps été un mari infidèle tout en étant demeuré sévèrement chaste. Non, il n'a aucun doute sur son épouse. Pas plus qu'il n'en a sur la qualité de son bonheur de prof provincial. Si la question le préoccupe présentement c'est juste parce qu'il a aperçu l'inspecteur, ce héros qui vient d'engranger une médaille pour la remarquable compétence dont il a fait preuve en serrant un serial killer mais qui, hélas, n'a pas pu empêcher de se développer l'hypothèse selon laquelle, émergeant d'une longue grasse matinée, il aurait surpris sa femme occupée à sucer un pauvre bougre qu'il avait lui-même convoqué pour désherber son jardin, la rumeur s'est propagée à la vitesse d'un feu dans la paille, est-elle vraie ? personne n'est en mesure de la confirmer ou de l'infirmer mais de persistantes indiscrétions veulent que l'incarcéré, pour se défendre d'accusations qu'il a réfutées en gros et dans le détail, aurait confié à ses interrogateurs que son aventure de quelques minutes avec la femme de l'inspecteur était l'unique raison pour laquelle celui-ci s'est écharné sur lui, lui mettant sur le dos non seulement le meurtre du muezzin mais aussi tout un tas de meurtres jamais résolus, si tant qu'on ait jamais cherché à le faire, dans un pays qui n'admet que du bout des lèvres que le meurtre est un délit et dont les mœurs politiques banalisent le fait d'attenter à la vie de son prochain. Un instant, une vague de pouffement secoue tout le corps enseignant lorsqu'il est informé que parmi les gens présents au cimetière se trouve un lieutenant-colonel dont tous se demandent pourquoi il n'a jamais pris la peine de changer de nom, on cherche des yeux celui dont le patronyme favorise tellement la dérision, en vain, car il doit être sapé en civil et ne pas trop tenir à se manifester et qu'il ne s'est déplacé que parce qu'il est en campagne, pas une campagne électorale mais une campagne de séduction orientée vers les seuls électeurs dont le vote compte véritablement, il brigue une étoile supplémentaire sur son épaule et il s'est déplacé parce qu'il savait que le défunt a un lointain, très lointain, lien de cousinage avec un plus haut gradé que lui. La cérémonie aurait duré plus longtemps si un ennemi commun à tous ne s'est subitement levé de son tombeau, un ennemi qui fait l'unanimité contre lui et c'est pourquoi il est devenu un tabou, comme tout ce que les gens détestent unanimement : le vent arracheur d'arbres et bousculant tout le monde sur son passage, comme si sa mission était de restreindre les hommes et d'effacer les traces prétentieuses de leur présence sur terre.

*

Une semaine plus tard il continue à sévir. Acculés dans leurs retranchements, les gens s'efforcent de croire que le bout du tunnel est pour bientôt, ils ajoutent foi à la croyance selon laquelle le vent ne peut pas durer plus d'une semaine et qu'au-delà on peut raisonnablement espérer un cessez-le-feu dans cette guerre unilatérale qu'il livre aux habitants. Profo a remarqué qu'on évite d'en parler, jamais dans une conversation, pas même une conversation téléphonique, ses interlocuteurs n'abordent le fléau qui rétrécit leur espace d'activité, fait pleuvoir la laideur sur leur monde et monte un siège autour de leurs logis à l'intérieur desquels on s'entend à peine tant son grondement prétend à les priver de cela aussi, échanger normalement avec les membres de sa famille. Non seulement on est obligés d'augmenter le son de la télé mais on tremble surtout qu'il ne réduise celle-ci à la mutité en rompant les fils ou en provoquant une coupure de courant…Oui, tout le monde est unanime dans la détestation du vent et il faut dire qu'il le leur rend bien. Sauf que Profo subit sa nuisance plus longtemps que les autres, vu que lui passe une bonne partie de la nuit à attendre le sommeil. La bonne nuit qu'il a eue l'autre fois n'est plus qu'un souvenir, agréable mais qui reste un souvenir difficile à rééditer, une exception qui confirme la règle qui est pour lui de souffrir le martyr avant de pouvoir accéder au repos. Comme chaque soir, il commence pourtant par s'allonger sur son lit, aux côtés de sa femme, se conduisant comme un homme ordinaire qui s'apprête à se coucher et qui n'a pas de raison particulière d'avoir peur de la nuit et d'échouer à dormir mais il ne tarde pas, au fil des heures, à se retrouver seul, les petits d'abord puis Nadia font entendre leurs ronflements, tandis que lui est sur pieds, errant dans le noir car il s'interdit d'allumer. En général il atterrit au salon où il s'affale sur un canapé pendant qu'au-dehors le silence des hommes jumelé à la fureur des éléments prennent possession du monde, et il s'efforce d'écouter le vent et quand il s'applique à cette occupation passionnante, il a l'impression que le vent ne gronde pas mais qu'il chuchote, oui son grondement n'est en vérité qu'un chuchotement soutenu, rempli de mystères et de signes qu'il tente de déchiffrer et il finit par avoir le sentiment d'y parvenir, il se sent alors mieux, il prend des résolutions, il veillerait à se montrer plus sérieux qu'il ne l'est déjà dans son travail, à être bon pour son prochain, aimable avec tous les gens, il se résout à ramasser sur son chemin les ordures que les voisins négligents répandent, à cultiver le souci de commettre chaque jour une bonne action, à devenir une meilleure personne, il arrête aussi la décision de ne plus se résigner à supplier le sommeil de venir mais de sortir de chez lui pour aller le chercher, il le trouverait peut-être en bas de l'immeuble ou au coin de la rue, il lui suffirait juste de se mettre en mouvement, d'éviter les positions statiques et, se disant cela, il se prend au mot et s'éjecte de l'appartement, sans tenir compte du temps franchement moche mais, au bout de quelques pas dans le lotissement, il est accueilli par une excellente nouvelle, il lui semble que le vent est en train de lâcher prise, Profo est le témoin de l'avènement de l'accalmie tant espérée, il poursuit son chemin, de plus en plus convaincu que lorsque tout va mal, que la nuit engloutit le monde il y a quelque chose qu'un homme comme lui pourrait accomplir pour rendre la victoire des ténèbres moins écrasante et il continue à marcher encore pour découvrir ce que c'est cette chose à faire et il marchera tant qu'il commence à se sentir les paupières lourdes et il revient sur ses pas, impatient d'arriver chez lui pour vérifier qu'il a eu raison de sortir et qu'il a trouvé le remède à son tourment.

6

La mosquée a réouvert et l'*adhan* retentit de nouveau, lancé par des voix différentes à chaque fois, celles de fidèles convaincus d'accomplir une bonne action hautement rémunérée dans le ciel et qui sont tellement désireux de cette rémunération qu'ils se battraient pour avoir le bénéfice d'appeler à la prière. Yasmina qui prête attention aux affaires du culte n'appartient pourtant pas aux contingents des dévots, elle ne croit même pas en Dieu, du moins elle fait partie de ces gens qui ne peuvent se résoudre à croire que s'ils obtiennent d'abord les réponses à toutes les questions qui les retiennent de croire. Quand elle regarde à la télé un documentaire sur le cosmos, réglé comme une horloge suisse, elle est tentée par la foi mais aussitôt elle se rétracte tant elle a des questions à émettre, du genre : si Dieu existe pourquoi il laisse faire Bachar el Assad, pourquoi il y a des enfants atteints de leucémie, pourquoi ceci, pourquoi cela, jusqu'à ce qu'elle choisisse de continuer à résider dans sa perplexité accoutumée. Si elle prête attention à l'*adhan* c'est partiellement parce que, mine de rien, elle est mêlée à l'affaire du muezzin assassiné, ne serait-ce que parce que c'est son cher époux qui a arrêté l'assassin, ce même assassin auquel elle a ouvert la porte de chez elle. Elle ne regrette rien, si ce n'est de n'avoir pas eu le temps d'aller jusqu'au bout car, assassin ou pas, l'homme tombait à point nommé. Trois jours après leur succinct *contact*, elle porte encore dans sa bouche un incendie que l'eau glacée du réfrigérateur ne parvient pas à éteindre et chaque fois qu'elle mord dans un aliment elle ne peut s'empêcher de penser qu'elle enfonce ses dents dans de la chair vivante. Quand elle repense à cet instant dans le vestibule avec cet inconnu, l'événement lui paraît surréaliste. Certes, sur le moment, elle a paniqué, elle a frôlé la crise cardiaque lorsqu'elle a entendu son mari se mouvoir dans la chambre et l'appeler, mais une fois le danger écarté, elle a éprouvé un puissant ressentiment. Depuis des années déjà, elle ne ressent plus envers l'homme qui partage sa vie que des sentiments de la même nature et elle aurait été ravie si seulement il avait été homme à s'apercevoir de quoi que ce soit. Où est la belle vie qui lui a été implicitement promise ? Où sont les enfants qui devaient naître et auxquels elle s'était préparée à se sacrifier bien avant d'entamer les *démarches* censées les faire venir ? Où est le bonheur pour lequel elle n'a pas hésité à accepter sans rechigner de mettre entre parenthèses une possible vie professionnelle ? Que reste-t-il de sa jeunesse sinon des reliefs comme ceux qui jonchent la table de la cuisine après les repas qu'elle prend le plus souvent seule, monsieur ayant sciemment choisi de se noyer dans son travail, sans doute pour ne pas voir le désert qu'est sa vie familiale après qu'il eut été admis que les époux étaient condamnés à faire la route seuls et qu'ils ne devaient plus compter sur l'avènement d'enfants à chérir, à élever, à regarder grandir et qui auraient occupé autant de place dans leur existence qu'il n'en serait rien resté pour ce vide béant dans lequel elle se morfond depuis tellement de temps et qui l'a réduite, elle, la femme parfaitement irréligieuse, à guetter l'*adhan*, l'événement acoustique majeur que la proximité de la mosquée amplifie et qu'elle se prend à attendre, trouvant amusant d'en suivre les intonations, rêvant à ces voix d'hommes ? Elle a été brièvement réveillée aujourd'hui par celui de l'aube et dans deux heures résonnera celui du début de l'après-midi. Ensuite ce sera celui du milieu de l'après-midi, avant celui du coucher du soleil et enfin le dernier, celui de la nuit, qui la rend toujours un peu triste justement parce que c'est le dernier. L'*adhan* lui sert de repère chronologique, il structure la temporalité de ses journées de femme au foyer, il l'avertit du mouvement des hommes, dont le sien.

À quelques instants du deuxième *adhan*, l'inspecteur Réda Radassi fait irruption dans la maison, arborant ce regard bien familier de celui qui est rentré sans l'être tout à fait, son corps est de retour mais son esprit est demeuré à son bureau. Il n'en finit pas de remercier le ciel d'avoir un travail accaparant qui ne lui laisse aucun répit, et comme Yasmina lui demande si elle doit lui servir son repas, elle jurerait qu'il ne l'a pas entendue : « Avec cette affaire, j'ai le vent en poupe, il faut battre le fer tant qu'il est chaud si je veux obtenir satisfaction : j'ai renouvelé ma demande et cette fois, j'ai bon espoir qu'elle soit acceptée. Ma chère, nous irons sans doute émigrer dans une grande ville située au bord de la mer. Que dis-tu de ça ? » Il ne s'arrête pas pour attendre la réponse de sa femme, et il s'engouffre dans la salle de bain pour faire ses ablutions et ensuite déployer le tapis de prière. Sitôt ses dévotions achevées, il repart au front. La pratique religieuse fait partie intégrante de la panoplie de pratiques indispensables à celui qui se veut être un « fils de bonne famille ». Manger ? Cela fait des années qu'il se suffit du grignotage et qu'il ne vit que pour ses deux ambitions suprêmes : éradiquer le crime et obtenir une affectation dans une plus grande ville où il aurait davantage de boulot et donc d'ornières pour continuer à s'aveugler sur la vacuité de son couple. Il ressort sans avoir décoché un seul regard à sa femme, laquelle en revanche ne l'a pas quitté des yeux jusqu'à son départ. Elle est au courant de la rumeur qui a balayé la ville et elle ne cesse de guetter sur lui les signes : l'a-t-il oui ou non surprise l'autre jour ? Est-ce pour se venger de l'homme qu'il lui a fait porter le chapeau du meurtre du muezzin ainsi que d'autres meurtres jamais élucidés ? De nouveau seule, elle est reprise par les questionnements et à force, elle n'est plus sûre de rien. L'a-t-il oui ou non entendue ahaner, agenouillée devant la braguette de l'étranger ? Si c'était oui, il ne se serait pas contenté de reporter son courroux sur l'homme uniquement, il lui aurait réservé à elle aussi une bonne part de sa réactivité de macho, or, jusqu'ici, il n'a eu envers elle aucune attitude agressive. Quand il a émergé de sa chambre, Yasmina avait déjà refermé la porte derrière son amant de fortune et il s'est écoulé plusieurs minutes avant que l'inspecteur ne se lance à sa poursuite, quelques minutes au cours desquelles, demandant si quelqu'un s'était présenté à la porte et, apprenant que le commis convié à la corvée de débroussaillage était parti sans attendre le réveil de son employeur, s'était senti traversé par une intuition comme un homme n'en a qu'une dans sa vie, une intuition décisive qui l'a jeté sur les routes, associant avec une logique digne d'un esprit détraqué – mais quel esprit ne l'est pas un peu ? – le rêve qu'il venait de faire avec le passage de cet inconnu. Il n'était rentré que tard la nuit, mais il était si heureux de lui-même qu'il ne songeait guère à se plaindre de la fatigue. Pendant tout l'après-midi, Yasmina a attendu son retour avec un nœud dans l'estomac, un nœud qui s'est résorbé sitôt avoir vu le visage béat de satisfaction de son époux. Sur le moment, elle était persuadée qu'il ne s'était douté de rien, et elle a recouvré sa quiétude, jusqu'au moment où elle a surpris une conversation entre deux petits jeunes dans l'allée de la supérette où elle va faire ses courses, lesquels se montraient sûrs à cent pour cent que l'inspecteur avait une raison très personnelle pour s'acharner sur le suspect et le présenter au monde comme un assassin multirécidiviste.

Depuis qu'elle a surpris cette conversation, elle n'ose plus remettre les pieds dehors et chaque fois que son mari rentre à la maison, elle est crispée, ne commençant à se décrisper qu'après un long moment. Elle a très peur de lui, et pourtant, que n'a-t-elle cherché à le tromper ! Cela fait des années qu'elle essaye de prendre un amant et qu'elle échoue lamentablement à chaque fois, comme si des forces occultes s'ingéniaient à lui mettre les bâtons dans les roues et à la tenir en échec dans chacune de ses tentatives adultères. Ses échecs auraient pu l'amener à la foi bien plus encore que l'organisation méticuleuse de l'univers qui la réconcilie certains jours avec l'hypothèse d'un Créateur. Elle se rappelle encore cet hôtel où ils ont dû descendre contraints et forcés, ils étaient en voyage pour aller rendre visite à la famille de ses beaux-parents quand ils ont appris qu'un couvre-feu venait d'être instauré et qu'ils ne pouvaient pas poursuivre leur voyage avant le lendemain matin. Réda a eu l'idée d'aller faire un coucou à un ami qui travaillait dans le commissariat de la ville et il l'a laissée seule dans leur chambre. Elle était pile au moment de sa vie où elle avait arrêté la résolution de ne plus se priver désormais et elle a cru voir dans cette halte une opportunité à saisir, même si, hélas, avait-elle vite remarqué, qu'ils étaient elle et son mari les seuls clients, hormis un vieillard qui aurait pu faire l'affaire s'il n'était pas si seul et si vieux qu'il a été incapable de lever les yeux sur elle alors qu'elle faisait exprès de ressortir de sa chambre pour le croiser dans le corridor et le dévisager effrontément. En désespoir de cause, elle a décidé de jeter son dévolu sur le gérant de l'hôtel, un jeune homme qui paraissait rôdé à l'exercice, avoir un capital d'expérience en dépit de son jeune âge ou en raison justement de sa jeunesse. Yasmina était redescendue à l'accueil quatre fois de suite et chaque fois pour des motifs aussi futiles que ses regards étaient explicites, si bien que le gérant avait fini par comprendre. À cette quatrième fois, quand elle a remonté les escaliers, elle lui a jeté un regard par-dessus son épaule et a senti une palpitation la parcourir en notant que son message avait bien été capté. Revenue dans sa chambre, elle s'est assise sur le lit et a attendu d'entendre son pas mais lorsqu'elle l'a entendu et qu'elle s'est précipitée à la porte, c'est son époux qu'elle a aperçu, surgissant, l'air innocent, dans le dos du gérant, qui a alors feint de frapper à la porte du vieux pour lui transmettre une commission. Sa seconde tentative a eu lieu durant un autre voyage, en été, où elle s'est entichée cette fois de l'un de ses cousins qui venait d'être reçu au bac et qui semblait décidé à passer des vacances telles qu'il serait payé de l'année studieuse qu'il avait eue. Il était très séduisant, il ne possédait qu'une unique chemise qu'il portait toute la semaine. Il l'enlevait certaines nuits, la lavait, la mettait à sécher et le lendemain matin, il la remettait. Elle s'est exclamée quand elle l'a aperçu la première fois torse nu et a fait son possible pour de nouveau le surprendre au moment où il se changeait, elle n'avait pas la tâche difficile parce qu'autour d'elle, apprenant qu'elle était condamnée pour le restant de ses jours à vivre aux côtés d'un mari qui ne la mettrait jamais en cloque, on la regardait avec cette commisération à laquelle elle devait s'habituer comme un aveugle à sa canne. Et pendant que tout autour d'elle on ne songeait qu'à la plaindre, elle, elle brûlait du désir d'avoir l'occasion de s'isoler avec le bachelier et d'effleurer de ses doigts son buste qui semblait sorti tout droit d'un film d'action, juste l'effleurer, rien d'autre, elle était certaine de pouvoir se retenir et évitait de songer à tout ce que cet effleurement risquait de déchaîner chez le jeune étalon dont elle croisait déjà trop souvent le regard, comme s'il avait compris que les vacances de rêve qu'il entendait s'offrir passaient par cette cousine plus âgée et dont le mari n'existait pas du moment qu'il n'était pas là, les jeunes gens étant rapides à faire abstraction des adultes qui s'érigent en obstacles sur leur chemin. L'occasion tant attendue est arrivée lorsqu'un déplacement a fait le vide dans la maison et auquel Yasmina s'est abstenue de prendre part au motif d'une migraine imaginaire et que personne n'a eu l'idée de contester tant on est enclin à la crédulité dès qu'il s'agit des handicapés, cette frange de l'humanité dont la femme sans enfant faisait indéniablement partie. Elle s'est retirée dans sa chambre dont elle a entrebâillé la porte et lorsque le jeune homme s'y est présenté, il a bafouillé en la saluant. Il était pourtant là sous un prétexte solide, celui de chercher sa sandale qu'il n'arrivait pas à retrouver et il n'avait pas tort d'orienter ses recherches vers cette pièce-là car la femme de l'inspecteur Réda Radassi avait pris soin de la dérober quelques heures plus tôt, non pas tant pour lui fournir un motif de lui rendre visite mais parce qu'elle le désirait tellement qu'elle en était à fétichiser ses affaires, comme lorsque, apercevant la pauvre chemise accrochée au fil à sécher dans le patio, elle n'en détachait pas les yeux comme du signe d'une présence et d'une absence à la fois. « Tu cherches ta sandale ? Je viens de l'apercevoir quelque part mais où… » Elle s'est interrompue pour ne pas se mettre elle aussi à bégayer, car, après tout, c'était la première fois pour elle aussi. Tout semblait marcher comme sur des roulettes, elle était au seuil d'un aboutissement, elle était au moment de concrétiser enfin son projet et, pendant une infime minute, elle s'est demandé ce qui pouvait survenir pour s'interposer entre elle et sa joie imminente, entre elle et ce bel oisillon dont elle avait conscience de la joie plus intense que la sienne ; pour écarter les ultimes branches sur son chemin, elle a pensé que ce qu'elle s'apprêtait à commettre était de par le monde pratiqué par des millions d'hommes et de femmes qui n'y mettaient pas plus d'entrain que dans une poignée de main…L'écueil tant redouté a surgi cependant, la poisse s'est mêlée de l'affaire, la malchance est intervenue sous les traits d'une petite nièce, espiègle et insatiable de connaissances, qui allait partout ses cahiers avec elle comme si elle n'était pas en vacances et qui bombardait de questions sa tante dont elle semblait être la seule à se rappeler le passage par la fac. La petite, à mille lieues de se trouver inopportune, ne soupçonnait pas ce qu'elle avait interrompu. Elle a provoqué l'envol du perdreau et a été déroutée par l'accueil glacial de sa parente ordinairement si maternelle avec elle.

Yasmina s'en est consolée en se disant qu'il lui restait encore quelques jours à passer dans le pays, elle a misé sur une nouvelle chance, mais son mari est venu la chercher plus tôt que prévu. Pour autant, elle n'a pas baissé les bras, elle s'est remise à calculer et à prospecter, et aussi à s'interroger : a-t-elle manqué uniquement de chance si elle a échoué ou est-ce une volonté surnaturelle qui est intervenue ? Les mois suivants, elle a cru s'être dégotée un partenaire idéal en la personne d'un flic sous les ordres de son mari et qui est venu une fois dans le pavillon pour apporter une commission de la part de son supérieur. Mariée à un officier de la police et ayant pour voisins des hommes appartenant au même monde que son époux, quoi de plus naturel qu'elle oriente ses antennes vers l'un d'eux. Le flic ne sortait pas un mot mais il avait des yeux bavards et après quelques semaines de drague dont ce n'était pas toujours elle qui avait l'initiative, ils se sont arrangés pour qu'il vienne la rejoindre une nuit où le mari était en déplacement. Elle s'était apprêtée et pendant ses préparatifs, elle a eu à lutter contre une petite voix en elle qui lui murmurait que cette fois encore son entreprise était vouée à l'échec, mais Yasmina n'a pas voulu l'écouter, bien au contraire, elle n'a jamais été autant sûre d'elle-même. Le flic avait dans la quarantaine, il la dépassait de quelques années, il était célibataire mais elle était persuadée qu'il la surclassait aussi en expérience. L'autre avantage à se donner à celui-ci c'était l'assurance qu'elle avait qu'il ne l'ouvrirait pas trop de crainte de subir les foudres de l'inspecteur. À quelques instants du rendez-vous toutefois, un *invité* totalement imprévu a tout fait capoter : le vent, le vent rageur qui, en un grondement, a plongé le pays dans un état d'alerte tel que le flic s'est débiné, sans même avoir la possibilité d'envoyer un sms pour se décommander parce que le vent a eu d'emblée raison du courant. Le flic recourrait au sms au deuxième rendez-vous qu'ils se sont donnés, lui et Yasmina, un rendez-vous qui a coïncidé, comme pour le premier, avec un déplacement du mari, et cette fois il n'y a eu ni déchainement de la nature ni aucun surgissement de personne importune, il s'est juste trouvé qu'à la dernière minute, à la toute dernière minute, le flic bardé de conquêtes s'est dégonflé et au lieu de cingler sur le pavillon à la faveur de la nuit tombante, il s'est décidé à écrire à la femme qu'il était désolé de devoir la décevoir, il n'a même pas tenté de s'abriter derrière quelque prétexte bidon, il lui a clairement signifié que traficoter avec la femme de son chef hiérarchique ne l'emballait pas trop. À la lecture du message, une flopée de jurons, dignes d'une patronne de bordel, a fusé de la bouche de Yasmina qui, folle de rage, est sortie malgré l'heure indue pour aller faire ses courses à la supérette et où elle ambitionnait de ne pas rentrer avec seulement un sac de victuailles. Mais elle a dû rentrer les mains ballantes car la supérette était fermée. Elle a fait le chemin de retour dans un état de déprime et de désolation, elle se faisait l'effet d'un général qui quitte un champ de bataille pour ne pas assister à la déroute de ses troupes et surtout pour ne pas faire face au triomphe de ses ennemis, sauf qu'elle, elle ne voyait pas trop où étaient ses ennemis, si elle ne doutait plus désormais de leur existence elle ne pouvait pas les identifier, ils n'avaient pas de corps, ils étaient immatériels, elle ignorait leur adresse, elle ne savait pas non plus ce qu'elle leur avait fait pour qu'ils s'acharnent contre elle, pourquoi cela n'aboutissait jamais, y-a-t-il une volonté supérieure qui surplombe la volonté humaine, dans ce cas pourquoi les instances invisibles permettent-elle à certains de faire ce qui leur chante pendant qu'elles déjouent les tentatives d'autres…Vaste programme ! Elle passerait les jours suivants à méditer sur le désistement du subalterne et a l'impression de toucher du doigt une part du mystère de Béchar el Assad qui n'aurait été rien si les hommes sous ses ordres ne lui obéissaient pas.

Vérité basique que celle-ci : le despote n'en est un qu'à partir du moment où il est entouré d'hommes qui exécutent ses ordres. On lui obéit sans se douter de la terreur qui l'habite lui-même à la perspective que ses sbires se retournent un jour contre lui, une perspective toujours présente à son esprit car on ne peut se fier tout à fait à des hommes qui s'empressent d'exécuter l'ordre de bombarder des hôpitaux. « S'il avait été supérieur en grade à mon mari, là il aurait été moins réticent… » songeait-elle encore dans un frisson de fureur qui la traversait de part en part. Mais elle est parvenue à se remettre de cette déception d'autant plus vite que le propriétaire de la supérette a fini par lui accorder quelque attention. C'est un homme tellement affable qu'on oublie facilement que c'est une affabilité commerciale. Même un esprit aussi aiguisé que celui de Yasmina s'y est mépris. Elle lui a laissé son numéro de téléphone pour que soi-disant il puisse la contacter quand il recevrait un chargement du produit dont il était en rupture de stock. Mais au lieu d'appels, ils ont échangé des sms ; dans un premier temps ils ont convenu qu'il vienne la récupérer en voiture à un endroit sur la route, mais le risque qu'on le voit l'a fait changer d'avis. Craignant qu'il ne finisse par se dégonfler lui aussi, elle lui a proposé de venir tard la nuit la retrouver chez elle, son mari s'absentant souvent en raison de l'enquête sur le meurtre qui secouait le pays. Le commerçant a acquiescé, elle le sentait en rut et elle ne s'en étonnait pas parce qu'elle savait que sa femme qui était dans son neuvième mois ne le laissait pas l'approcher, mais ce qu'elle ignorait c'est que cette épouse bien comme il faut choisirait la nuit du rendez-vous pour lâcher les eaux, obligeant son mari à la conduire en catastrophe à la Maternité, d'où il a expédié un sms qui a plongé Yasmina dans une colère noire. Elle aurait dégluti une bouteille de vodka ou même deux s'il y avait de l'alcool à la maison. Elle a eu le plus grand mal à trouver le sommeil tellement elle était déçue et furieuse, elle était plus athée que jamais. Son mari est rentré vers l'aube et a évité de la déranger comme il le faisait chaque fois qu'il rentrait tard, mais quand elle s'est réveillée le lendemain matin, elle était encore en proie aux mêmes sentiments avec lesquels elle s'était couchée, et lorsque dans la matinée elle a entendu sonner à la porte, elle a immédiatement vu dans le miséreux qui s'était présenté pour débroussailler le jardin un exutoire envisageable aux ressentiments qui la travaillaient, et elle ne s'est pas privée de le lui faire sentir. Elle se serait jetée sur lui aussitôt si elle n'avait été retenue par le sentiment de se déclasser, l'homme étant si mal habillé. Quand elle s'est agenouillée devant lui, elle a été étonnée et ravie à la fois de découvrir que la braguette de son pantalon ne fermait pas tellement le vêtement était vieux et usé.

Maintenant elle se demande pourquoi les gens racontent-ils que son mari l'a surprise avec le dénommé Brahim Fachacho, alors que cela n'a pas été le cas. Le manœuvre se serait-il ouvert à quelqu'un ? Elle le voit mal, lui l'étranger sans-le-sou, jouer à ce jeu, d'autant moins qu'il n'avait pas intérêt à se vanter d'avoir touché à la femme d'un inspecteur de police. Il n'y a pas que les flics ou les soldats qui tremblent devant leurs chefs, le commun des mortels se rejoint dans l'appréhension, voire la révérence, du détenteur du pouvoir – le sujet la ramène au cheptel des califes et des sultans qu'elle a côtoyés pendant ses années de fac, ces papes qui ne disaient pas leur nom, dans une religion qui se vante néanmoins de ne pas en avoir, alors que les *têtes couronnées* se surnommaient « les ombres d'Allah sur terre », elles avaient le droit de vie ou de mort sur tout un chacun, elles trituraient la religion comme ça leur chantait, déclaraient péché ou licite ce qu'elles voulaient, aux religieux ensuite de valider les désidératas de leurs employeurs adorés. C'est la découverte des mœurs de ces potentats dont il n'y avait pas un pour racheter l'autre – le jour de son intronisation, l'un d'eux avait exécuté ses dix-neuf frères dont il craignait qu'ils lui disputent le trône – qui l'a rendue agnostique, comme la vacuité de sa vie de couple, de sa vie tout court, l'a transformée en une femme qui se livre perpétuellement à des quêtes coupables, jusqu'à devenir objet de jasements dont elle ne se serait même pas douté si elle ne les avait pas surpris. Il ne faut pas compter sur son conjoint pour qu'il la tienne au courant de quoi que ce soit, à moins qu'elle ne le presse de questions, ce qu'elle prévoit de faire la prochaine fois où elle le verra. Adonnée à la reprise des chemises de l'inspecteur, tâche qu'elle ajourne depuis plusieurs jours et dont elle a subitement décidé de s'occuper aujourd'hui, elle prépare ses questions. Elle tâchera de lui faire dire si le suspect qu'il vient d'arrêter en fanfare est bien le meurtrier du muezzin et si les preuves dont il dispose contre lui sont irréfutables, oui elle le cuisinera, mais encore faut-il le voir rentrer. Elle escompte avoir de ses nouvelles un peu avant ou un peu après le deuxième *adhan* de l'après-midi, pour autant que son travail lui permettra de se libérer pour accomplir sa prière. Soudain elle réalise pourquoi les gens colportent un ragot inexact à son sujet, elle voit subitement clair dans cette affabulation qui n'est pas née de rien mais du sens de leur observation : quand elle sort de chez elle, elle ne regarde pas les gens qui ne l'intéressent pas, mais eux ne la quittent pas des yeux, ils ont deviné à son allure ce qui la motive, une femme qui n'a en tête qu'une seule idée a peu de chances de passer inaperçue, et comme on ne peut pas imaginer qu'elle n'arrive jamais à ses fins et qu'une sorte de malchance s'est attachée à elle, ils se sont persuadés qu'elle collectionne les liaisons et que son inconduite a automatiquement un rapport avec l'attitude de son époux qui, sans raison objective, s'est piqué un beau jour de rouler à toute vitesse, les sirènes hurlantes, derrière un bus à l'intérieur duquel se trouvait un pauvre hère auquel il a eu beau jeu d'endosser non pas un seul homicide mais plusieurs. Assise sur le canapé du salon, face à la télé allumée mais dont elle a mis le son en sourdine, ainsi qu'elle a coutume de faire, se délectant mieux de la compagnie des gens en pixels quand ils sont muets, elle raccommode les chemises l'une après l'autre, se découvrant un plaisir à s'occuper de la sorte, tandis que sa pensée ne cesse de vagabonder, timide, réticente, presque apeurée en raison de ce que madame vient de percevoir : ainsi donc, on l'épiait sans qu'elle ne s'en aperçoive, on surveillait ses déplacements hors du pavillon et faisait mille conjectures à son propos. Pour tous il ne pouvait s'agir que de ça : son mari, l'ayant surprise, n'hésite pas à employer les moyens de la police pour régler ses comptes de cocu. « Ce ne serait pas trop mal, finit-elle par se dire, que son désir de changer d'air soit exaucé ». Partir est la meilleure des options quand on a besoin de se faire oublier, elle le rejoint dans son projet, elle aspire elle aussi à la migration : dans une plus grande ville, elle a plus de chances de s'épanouir. C'est là qu'elle en est lorsque l'*adhan* retentit, lancé cette fois encore par une voix que Yasmina ne se souvient pas avoir déjà entendue, et dans le sillage de l'appel, son mari refait surface.

Elle entend sa voix avant de le voir franchir l'entrée, il a son smartphone à l'oreille et c'est lui qui parle, ne laissant pas son correspondant en placer une. Plus la journée avance, plus il devient plus volubile, se contrôle moins, semble se diluer dans la profusion de la parlote, bien que son appel ait l'air d'être professionnel. Réda Radassi, tel un automate, se dirige vers les toilettes où, par la porte laissée ouverte, la puissance de son jet *éclabousse* toutes les pièces, puis il en ressort, l'appareil toujours appliqué contre son oreille, sans cesser de jacter et ne paraissant se rendre compte de la présence de sa moitié, qui pourtant le fixe pesamment, que de très loin. Dans la salle de bain, il pose son téléphone sur le rebord du lavabo et met le haut-parleur pour pouvoir poursuivre sa conversation tout en faisant ses ablutions et une fois celles-ci achevées, il s'essuie machinalement contre la serviette suspendue à la porte puis s'oriente vers la chambre à coucher où l'attend le tapis de prière. Comme il n'a pas refermé derrière lui, sa femme peut continuer à le viser jusqu'à ce qu'il ait terminé de prier et qu'il ait repris son correspondant auprès duquel il s'était excusé mais auquel il a sans doute plus songé pendant son recueillement qu'à ce Dieu auquel ils prétendent tous tourner leurs pensées. Avant de ressortir, il opère une halte à la cuisine, où il ouvre le réfrigérateur pour se fourrer quelque aliment dans la bouche et le temps de mastiquer la bouchée de mille-feuilles, son correspondant invisible peut enfin avoir voix au chapitre. En le regardant, Yasmina se remémore son arrière-grand-mère qu'elle n'a pas connue mais dont elle a appris que, après avoir donné naissance à plusieurs mort-nés, son mari devait la faire garder pour qu'elle ne mette pas à exécution ses menaces de se jeter dans un puits. L'inspecteur Réda Radassi aussi a intérêt à garder à vue sa femme, lui encore plus que l'arrière-grand-père de Yasmina, oui lui encore davantage, puisque l'aïeule a été consolée par une naissance fructueuse, dont Yasmina descend. Ce n'est qu'à l'ultime seconde que l'inspecteur, sur le point de refermer derrière lui, a jeté un regard sans vie vers l'épouse occupée à repriser ses chemises.

*

« Si je suis un homme libre, c'est parce que mon corps l'est. Quand je me réveille le matin et que j'ouvre les yeux, je peux rester un long moment ainsi, tranquille, sans aucune impatience. Je n'ai pas d'accoutumance, aucune addiction et donc mon corps ne s'impatiente vers rien, pas même vers la caféine parce que je ne suis pas accroc au café. C'est ma liberté, j'en mesure l'intérêt, moi qui vis entouré de gens dont aucun ou presque n'échappe à l'esclavage. Ma femme par exemple est incapable de sortir un mot le matin avant qu'elle n'ait dégluti son bol de noir. La plupart de mes collègues sont esclaves de la cigarette. Le matin ils sautent du lit en vitesse, impatients de remettre leurs chaînes, épris de l'asservissement, tandis que moi je peux m'offrir le luxe de m'attarder et j'emploie ce temps précieux à tâcher de me remémorer mes rêves. Cela n'a l'air de rien mais c'est comme ça que j'ai pu résoudre un paquet d'affaires, dont la dernière, celle que j'ai pourtant eu le plus grand mal à élucider, au point où j'ai failli jeter l'éponge et me déclarer dépassé. Dans la visite que le muezzin m'a rendue pendant que je ronflais, j'ai vu une perche tendue par le destin. Je ne connaissais pas personnellement la victime, j'aurais eu des difficultés à le distinguer du troupeau qui peuple les rues et dont je guette les crimes pour mener les enquêtes, mais si le muezzin s'est dérangé pour m'apparaître, c'est qu'il devait y avoir une solide raison pour ça. Lorsque ma femme m'a appris que le manœuvre s'est présenté pour le débroussaillage de notre jardin et qu'il est ensuite parti à la va-vite, sans attendre mon réveil, j'ai eu une fulgurante intuition, mon instinct m'a aussitôt alerté d'un lien possible entre les deux hommes et ce lien ne pouvait être que celui de la victime à son bourreau.

J'ai alors pris le volant pour aller sillonner la ville à sa recherche. À tous les endroits où il avait ses habitudes, je ne le voyais pas, et comme je suis allé au baraquement où il créchait, il m'a été répondu qu'il venait d'empaqueter ses affaires pour se tirer – la personne qui m'a renseigné et qui partageait avec lui le loyer du baraquement, a trouvé le comportement de son colocataire étrange. Cela m'a conforté dans mes soupçons et j'ai immédiatement lancé un avis de recherche, suite à quoi j'ai appris que le suspect a été vu grimper dans un bus. Là, je n'ai délégué la mission à aucun de mes subalternes, je me suis lancé moi-même derrière le bus, que j'ai rattrapé en rase campagne. Mon arme de service dans la main, je suis monté dans le véhicule. Quand mes yeux ont rencontré les siens, je me suis défait d'un coup de mes soupçons pour m'installer de plain-pied dans la certitude. J'ai croisé bien trop souvent cette sorte d'yeux au cours de ma carrière, des yeux où je voyais briller les ténèbres des coupables sur le point d'être débusqués et qui, si invraisemblable que cela puisse paraître, se réjouissent toujours un peu que ce moment tant redouté soit arrivé, le moment où ils se voient passer les menottes et où ils doivent enfin goûter la paix de n'avoir plus à cavaler. Les criminels qui ont échappé à la justice sont de grands fatigués qui témoignent leur gratitude à celui qui les soulage de leur fardeau, ils implorent qu'on les arrête, eux qui ont connu le fardeau d'être passés à travers les filets.

Ce matin-là, alors que je n'avais pas pris mon petit-déjeuner, j'avais le sentiment de voler dans les airs, ma faim ne se révélait pas à moi, mon corps en entier était dilué dans la sensation euphorique dont toujours la neutralisation d'un meurtrier m'a gratifié. Face-à-face avec mon *obligé*, je n'ai pas perdu beaucoup de temps pour le faire cracher. Pendant que je l'accablais de questions, il baissait la tête et se taisait, attitude qui équivalait à des aveux, entiers et volontaires. Je butais cependant contre un os : l'absence chez lui d'un mobile apparent. Il n'en avait aucun, lui qui ne faisait que passer dans le pays et qui, de plus, menait une vie dissolue qui le gardait éloigné du culte. C'est alors qu'une jonction s'est opérée dans ma tête, entre le meurtre du muezzin et celui d'autres religieux, survenus des années plus tôt dans des localités différentes. En procédant cependant à des vérifications, je suis arrivé à constater que mon meurtrier avait séjourné dans tous les endroits où des assassinats d'*ensoutanés* s'étaient produits. Me tenant ainsi au seuil d'une révélation, j'étais parti pour non seulement sauter le déjeuner mais entamer un jeûne de plusieurs jours d'affilée, je n'avais plus de corps, aucun organe qui se serait rappelé à moi en criant famine, j'étais l'artiste en train de porter un dernier coup de pinceau à une œuvre dont il sait qu'elle fera date et qui se sent nourri sans s'être attablé, il est rassasié du seul fait d'avoir bien travaillé. « Oui, j'ai séjourné dans ces patelins », m'a-t-il consenti quand je l'ai pressé. Pas besoin qu'il m'en dise plus pour que j'accède à la vérité, laquelle jaillissait sur moi comme une gerbe d'eau glacée, me transfigurant : pour l'unique fois dans ma vie, je faisais face à une catégorie de meurtrier qui, jusqu'à alors, résidait dans les fictions. Un tueur en série ! J'étais sur le point de boucler rien de moins qu'un tueur comme il n'en existait jamais de par chez nous. Je voyais déjà les honneurs et les promotions s'abattre sur moi, humble fils d'un pauvre qui s'est hissé par la seule force de ses poignets et dont tout le bonheur tient dans la traque du crime. Gavé depuis des années de délits mineurs, ennuyeux oserais-je ajouter, comme les vols à l'étalage, vol à la tire, cambriolage et pénétration par effraction dans des résidences secondaires, j'étouffais avant qu'un vrai meurtre ne soit perpétré dans ma juridiction, lequel m'a permis de dépoussiérer les talents cachés et surtout inemployés dont je n'ai jamais douté être pourvu, j'avais enfin l'opportunité d'instruire une affaire qui me rapprocherait de la réalisation du plus grand rêve des officiers : être affecté dans une ville qui a les pieds dans l'eau, les agglomérations avec façade sur la mer ont toujours constitué le graal de mon métier, le rêve caressé par ceux qui portent l'uniforme. J'ignore d'où me vient cette aspiration au voisinage des eaux bleues. Sans doute du bourg où j'ai vu le jour et grandi, un bourg du pays profond où le soleil écrasant conjugué à la poussière triomphante a fait naître en moi ce désir que je découvrirais plus tard partagé par bien des hommes de ma corporation. À mesure que j'avançais dans l'interrogatoire du suspect, j'accomplissais un pas de géant vers mon but suprême.

Dans mon éventuelle affectation dans une ville de rêve, je voyais tous mes problèmes disparaître. Je suis sûr que ma femme serait tirée à jamais de la torpeur qui l'emprisonne et dont je sais qu'elle provient du fait que la mer soit si loin de ses yeux et de son corps.

    Ma femme m'a été d'une aide certaine ce matin-là, je n'aurais pas agi comme je l'ai fait si elle ne m'avait pas donné une précision de taille, à savoir que le manœuvre ne s'est pas contenté de partir mais qu'il est parti en courant presque. C'est ce détail qui a été à l'origine de la fulgurance dont j'ai été l'objet. Je n'ai pas encore eu le temps de la remercier, il faut croire que je la croise si peu, sans doute en raison de la vastitude des pièces de notre pavillon. Et dire que mes parents ont vécu dans une baraque composée d'une unique pièce et dépourvue de sanitaires. Ma mère allait en journées faire les lessives chez les familles aisées et mon père, mon père, j'ai quelque réticence à le dire, était *chasseur* de mouches. Elles tourbillonnaient par millions et il se trouvait qu'elles incommodaient les riches qui, attablés, avaient besoin de quelqu'un qui s'occupe de les chasser et de les empêcher de perturber les repas.

    Non, je n'ai pas honte du travail de mon père, d'autant moins que j'ai appris un jour que le père d'un calife dont on ne prononce jamais le nom sans le bénir et qui a l'honneur d'être mentionné dans les prêches du vendredi, a vécu du même travail que le mien. J'estime être un bon musulman, je m'acquitte des cinq prières quotidiennes, même si, depuis plusieurs années déjà, je ne mets jamais les pieds à la mosquée. Je déteste y parader à cause des prêches, au contenu inepte et farci de mensonges, à tel point que je me suis toujours fait la réflexion que si les mosquées fermaient pendant cinquante-ans ou même un siècle, cela ferait des vacances à la connerie et à l'abrutissement des masses, cela ferait énormément de bien aux gens du pays, leur esprit en sortirait grandi, en deviendrait plus fertile à l'imagination, faculté vouée à la stérilisation par la qualité des propos qu'on entend le vendredi, et comme si cela n'était pas assez d'un sermon hebdomadaire d'autres prêches sont dispensés pendant les jours de semaine, pour le plus grand malheur des rares choses que la nature a entredéposées dans tout un chacun à la naissance et qui meurent en cours du chemin, d'autant plus vite que le croyant est abreuvé par l'ignorance fate des sermonnaires. C'est mon point de vue, que je me garde la plupart du temps de partager, ayant compris que je passerais, aux yeux de ceux qui m'entendraient parler de la sorte, pour un indécrottable ennemi d'Allah.

N'était le meurtre du muezzin, je ne me serais pas déjugé. Il a fallu que j'y aille, que je constate moi-même les faits, supervise la scène du crime et interdise qu'on y touche à quoi que ce soit. J'ai ôté mes chaussures avant d'y pénétrer, contrairement à certains de mes collègues qui, devant la gravité de la situation, ne se sont pas laissé arrêter par le scrupule. Les membres du comité de la mosquée s'en sont offusqués, même s'ils se sont abstenus de tout commentaire. Naguère encore, les soldats investissaient les lieux de culte de bonne heure, molestaient les fidèles, avant de les embarquer sans ménagement pour qu'ils subissent des contrôles d'identité. Qui se souvient de ces violations !

Je me souviens que je me suis attardé des yeux sur le cadavre étendu dans une mare de sang que les tapis achevaient d'absorber. Qu'ai-je fait, sinon lui promettre en moi-même de ne pas ménager mes efforts pour attraper son meurtrier, une promesse qui me vient instantanément aux lèvres de mon cœur chaque fois que je me retrouve en présence d'un mort ravi violemment à l'affection des siens. Je m'honore d'avoir été jusqu'ici à la hauteur de mes engagements muets, il n'est pas de victime à laquelle j'ai promis d'arrêter son meurtrier que je n'ai pas satisfaite, que de fois elles sont venues me voir en rêve pour me remercier. La visite onirique du muezzin n'avait pas pour but de me dire merci, vu que je n'avais pas encore opéré d'arrestation, mais pour m'aider à identifier son meurtrier. Il ne m'a rien dit, il m'est juste apparu, debout, portant la main sur son menton glabre et me décochant par moment des regards chargés d'aménité, j'aurais dit qu'il voulait me communiquer quelque chose mais qu'une inexplicable incapacité à parler lui nouait la langue. Au réveil, je me suis mis à méditer sur ce rêve étrange où je ne ressentais cependant aucune crainte, c'était comme si je rêvais d'une personne encore vivante et qu'il aurait été tout à fait normal d'apercevoir dans cet autre monde qui se déploie pendant nos sommeils.

Mes collègues ont été furieux à l'idée que ce soit l'œuvre d'un terroriste ; ils l'auraient été moins, sinon. Et je n'avais pas qu'eux sur le dos, mais il y avait aussi un lieutenant-colonel, bientôt colonel qui, le plus souvent, ne m'appelle pas mais me bipe pour que je le rappelle – radin ? J'ai feint d'abonder dans le sens des uns et des autres, mais au fond de moi, je tâchais de me focaliser sur ce qui était pour moi l'essentiel : les faits. Les terroristes étaient hors de cause pour la simple raison que l'armée en avait exterminé la majeure partie et en avait recyclé le reste. Mes collègues gardent de très mauvais souvenirs de la période sanglante où les terroristes étaient légions tant dans les maquis qu'à l'intérieur des agglomérations. Pas un flic alors n'osait s'aventurer en uniforme hors du commissariat, il avait toujours son arme de service sur lui et allait dans la rue en regardant de tous les côtés, sursautant au moindre crissement de pneu. Sale temps pour la corporation, pour toutes les corporations sécuritaires. Les militaires ne retournaient pas dans leurs familles de peur d'être égorgés par leurs voisins. Je comprenais que le meurtre survenu dans une enceinte d'où était partie l'insurrection terroriste réveille des traumatismes qui ne demandaient qu'à cicatriser et qui n'y parvenaient pas toujours. C'était la guerre civile. À l'époque, je n'étais pas encore entré dans la police et étais même très loin d'envisager une carrière de flic, tant le sort des policiers n'était guère enviable. Ce qui m'a décidé ? J'admets que c'est puéril mais c'est une série policière dont je me suis entiché. Je me suis pris d'engouement moins pour la série elle-même que pour le héros, un taré bourré de névroses, un compulsif, bref un handicapé mais génialement doué pour débusquer les meurtriers. À la longue, j'ai fini par voir en lui un saint, en dépit de certains de ses aspects proprement exaspérants – il n'ouvrait pas les portes lui-même, mais attendait que son assistante le fasse pour lui, même si elle avait les bras chargés. S'il devait en exister un dans la ville où il exerçait, cela aurait été lui. Je ne suis pas en train d'insinuer que je suis un saint. S'il devait y en avoir un dans cette histoire, cela aurait été le muezzin. Je ne le fréquentais pas avant son assassinat mais j'ai recueilli tellement de témoignages depuis qu'il me semble le connaître comme s'il avait été mon voisin de palier.

*

L'existence, m'a-t-on dit un jour, est un dialogue incessant entre chaque individu et le monde qui l'entoure, oui, tous les individus, des plus illustres aux plus ordinaires. La vie converse avec nous en nous montrant des images, en nous faisant rencontrer autrui, elle est une somme de répliques entre elle et les hommes. L'échange démarre dans l'enfance et ne s'interrompt qu'à l'article de la mort. Ce dialogue peut prendre des formes imprévues, il peut s'établir par le truchement d'un livre ou de la pluie ou d'une journée caniculaire ; une simple photo ou un trou dans le tronc d'un arbre ou un sourire ou la piqûre d'un moustique ou encore une rafale de vent peuvent faire office de phrases aussi intelligibles que si elles avaient été marquées à la craie sur un tableau à l'attention d'une assemblée d'élèves. Aussi, il y a des vies dans lesquels ce dialogue s'interrompt tôt, des vies où le monde et l'individu n'ont plus rien à se dire ; le premier héberge le second avec une apparente indifférence dans laquelle celui-ci trouve son bonheur.

Où qu'on tourne sa face, il y a des enseignements à recueillir. Un rien peut servir de catalyseur. Une fois il y a eu un mort sur la route, il a été renversé par un automobiliste qui a pris la fuite. Toutefois la marque du véhicule a été relevée par d'autres automobilistes, qui n'ont retenu que cela. Quand j'ai procédé à une recherche de tous les véhicules de la même marque dans la région où l'accident s'est produit, je suis tombé sur une dizaine d'exemplaires mais les véhicules étaient de couleurs différentes, sauf un seul, qui était de la couleur relevée par les témoins oculaires. Quand je suis allé voir son propriétaire, il m'a juré que le jour de l'accident il était resté chez lui, où il vivait seul avec son chien et il a pu me convaincre qu'il disait vrai. En le quittant, je suis entré dans le café le plus proche de son domicile dans le but de faire usage des commodités. Mais une conversation entre deux clients est arrivée à mes oreilles, elle avait trait à l'homme casanier que je venais d'interroger. Ils étaient ses voisins et ils avaient un grief contre lui : quand il partait en voiture et qu'il laissait son chien seul, celui-ci, ne supportant pas la solitude, se mettait à aboyer sans arrêt, jusqu'à exaspérer le voisinage. Chaque fois qu'on l'entendait aboyer, on devinait que l'homme n'était pas chez lui. Je me suis permis d'intervenir dans leur conversation et de leur demander si trois jours plus tôt, c'est-à-dire le jour du délit de fuite, le chien avait fait des siennes et les deux hommes ont été affirmatifs : oui. Ils s'étaient d'autant plus sûrs de ce qu'ils avançaient qu'ils n'avaient pas pu faire leur sieste à cause des aboiements. L'homme m'avait donc menti en prétendant n'être pas sorti de chez lui et je suis retourné le voir pour lui passer les menottes.

Dès qu'il m'a ouvert, il m'a paru comprendre la raison de ma réapparition sur son seuil, et dans ses yeux à lui aussi j'ai surpris cette lueur que je ne peux m'empêcher de prendre pour un soulagement. Je ne me trompais point : avant de se faire arrêter, l'homme, se laissant effondrer sur une chaise, m'a avoué qu'il ne s'était pas agi d'un accident, qu'il avait volontairement percuté le piéton, que depuis des années il allait sur les routes, au hasard, dans le seul but de tomber sur quelque piéton isolé et de lui passer sur le corps, il avait toujours brûlé du désir de faire la peau à quelqu'un, peu importe qui, lui ôter la vie, le frustrer de sa ration d'oxygène. C'était la terreur d'être arrêté et jeté en prison qui l'avait, jusque-là, retenu.

C'est cet homme qui, le premier, m'a parlé de cette conversation ininterrompue que le monde mène avec chaque vie humaine. Il était versé dans l'ésotérisme. Il avait eu une famille mais il l'avait perdue dans un accident de circulation. Du jour au lendemain, il s'était retrouvé seul comme Robinson Crusoé. Il disait qu'il avait échoué dans le test. Alors qu'il avait vécu comme un homme de bien, l'accident, qui avait décimé les siens, l'a obligé à sortir du bois, à se révéler à lui-même tel qu'il était, un homme aigri et au cœur foncièrement noir. Sous l'impulsion de cette noirceur longtemps comprimée et enfin libérée, il sillonnait les routes à la recherche d'une vie à prendre, à seule fin d'éprouver la satisfaction d'accomplir une action qui est toute entière mauvaise, il s'était découvert une inclination pour le mal, c'était son plaisir quand les autres souffraient. En été, rien ne le réjouissait autant que de lire dans la presse qu'il y avait un nombre élevé de noyés. Il passait des vacances pourries et il exultait à la nouvelle que des familles parties à la plage en rentraient endeuillées.

    Si je n'avais pas rencontré cet homme, je crois que je n'aurais pas fait un rapprochement entre mon rêve de l'autre jour où le muezzin m'est apparu et la dérobade du manœuvre. Ce dernier ne serait jamais entré dans mes radars si ma femme ne m'avait pas tanné des mois durant pour que je lui trouve quelqu'un pour débroussailler le jardin où madame souhaitait cultiver des fleurs. Quand j'ai entrepris des démarches pour dégoter un débroussailleur, j'ai été immédiatement mis sur la piste de celui-ci, il se trouvait que la première personne à qui j'en avais parlé possédait son numéro. Je l'ai appelé sur-le-champ et il m'avait répondu qu'il viendrait le lendemain même, et il est venu, sauf que, sans raison valable, il est parti avant mon réveil, comme s'il ne souhaitait pas d'entrer en contact avec un homme de loi et cela ne pouvait s'expliquer que par le fait qu'il n'avait pas la conscience tranquille.

    Il est sous les verrous à présent. Sous la pluie d'hommages qui m'ont été rendus par mes collègues et par la hiérarchie, je me doutais qu'il y avait quelques grincements de dents, des jalousies. Ce sont les premières mains à m'applaudir qui manœuvreraient pour que cette gloire ne me revienne pas. Je me suis fait des ennemis à force de ne me préoccuper que de mon travail, de ne me soucier de rien d'autre ; le cas échéant, pour fuir l'oisiveté, j'offre sans hésiter de prendre sur moi les corvées des autres. Je serais allé régler la circulation plutôt que de me tourner les pouces dans mon bureau ou dans mon salon calfeutré où je devine que je ne suis pas de bonne compagnie pour madame, laquelle semble reporter sur moi les ressentiments que la vie a cultivés en elle. Serait-ce de ma faute si je n'engendre pas ? Pressentant qu'elle renâcle à mon contact, je lui fais grâce de mes bandaisons, dont je préfère encore m'occuper tout seul sous la douche plutôt que de me frotter à une chair qui ne veut pas de moi. De là à prétendre qu'elle me trompe, comme la ville entière tend à le croire, je ne marche pas, je ne vois là que commérages distillés par ceux qui, au travail et au-dehors, me veulent du mal et ne reculent devant aucune bassesse pour me salir et ternir mes réalisations.

En vérité, ce n'est pas par snobisme que je rêve de transhumer vers une ville au bord de la mer, je méconnais les plaisirs de la natation et m'ennuie sur le sable, mais c'est juste que j'ai le sentiment que je ne me fais jamais des amis en demeurant trop longtemps là où on ne me connaît que trop. Les bosseurs sont détestés par ceux-là même qui sont sur leur dos pour qu'ils se tuent à la tâche.

L'important, ce n'est pas ce qu'on ressent, mais ce qu'on pense et, plus encore, ce qu'on fait. »

Structures éditoriales du groupe L'Harmattan

L'Harmattan Italie
Via degli Artisti, 15
10124 Torino
harmattan.italia@gmail.com

L'Harmattan Hongrie
Kossuth l. u. 14-16.
1053 Budapest
harmattan@harmattan.hu

L'Harmattan Sénégal
10 VDN en face Mermoz
BP 45034 Dakar-Fann
senharmattan@gmail.com

L'Harmattan Congo
67, boulevard Denis-Sassou-N'Guesso
BP 2874 Brazzaville
harmattan.congo@yahoo.fr

L'Harmattan Cameroun
TSINGA/FECAFOOT
BP 11486 Yaoundé
inkoukam@gmail.com

L'Harmattan Mali
ACI 2000 - Immeuble Mgr Jean Marie Cisse
Bureau 10
BP 145 Bamako-Mali
mali@harmattan.fr

L'Harmattan Burkina Faso
Achille Somé – tengnule@hotmail.fr

L'Harmattan Togo
Djidjole – Lomé
Maison Amela
face EPP BATOME
ddamela@aol.com

L'Harmattan Guinée
Almamya, rue KA 028 OKB Agency
BP 3470 Conakry
harmattanguinee@yahoo.fr

L'Harmattan Côte d'Ivoire
Résidence Karl – Cité des Arts
Abidjan-Cocody
03 BP 1588 Abidjan
espace_harmattan.ci@hotmail.fr

L'Harmattan RDC
185, avenue Nyangwe
Commune de Lingwala – Kinshasa
matangilamusadila@yahoo.fr

Nos librairies en France

Librairie internationale
16, rue des Écoles
75005 Paris
librairie.internationale@harmattan.fr
01 40 46 79 11
www.librairieharmattan.com

Librairie des savoirs
21, rue des Écoles
75005 Paris
librairie.sh@harmattan.fr
01 46 34 13 71
www.librairieharmattansh.com

Librairie Le Lucernaire
53, rue Notre-Dame-des-Champs
75006 Paris
librairie@lucernaire.fr
01 42 22 67 13